七つのしきたり

怪談風土記

最東対地
SAITO Taichi

怪談風土記
七つのしきたり

最東対地

竹書房

はじめに

二〇二三年から二〇二四年八月現在にかけて、ホラー文芸界は空前のモキュメンタリーブームである。

その火付け役となったのは、やはり背筋著『近畿地方のある場所について』（KADOKAWA）だろう。それまでもモキュメンタリーの文脈で書かれた書籍は多いが、『近畿地方のある場所について』はこれまでのものとは手法が違った。

文芸においてのモキュメンタリーとは、ルポルタージュの体裁をなぞっているのがほとんどだったのだが、この作品はさらに踏み込んでいる。文芸誌に寄稿された短編や、週刊誌で組まれた特集、インターネット掲示板やSNSの書き込み・投稿、編集部に送られてきた手記や、当該事件についてのよもやま話、はたまた学校の怖い話、都市伝説に至るまで、ジャンルやカテゴリーにとらわれずあらゆる手法のテキストを詰め込み、さながら文芸作品やルポルタージュというよりも『資料集』という趣に近い。

読んでみればおそらく題材にしたであろう事件や怪談はあることはわかるが、そのすべてが架空のもので、最後の袋とじ……おっと、ここに言及するのは野暮であろう。

ともかく『近畿地方のある場所について』は文芸界にセンセーショナルなホラー旋風を巻き起こす一端を担ったのは間違いない。

この新しい恐怖の形に魅了された読者のみならず書き手からも続々とモキュメンタリーホラーの新作が発表された。

モキュメンタリーとは、モック（疑似）とドキュメンタリー（虚構を加えない記録）を掛け合わせた造語であり、『虚構を加えない記録』のドキュメンタリーに疑似性をもたせ、さらにそれを掛け合わせて造語を作るという、三重の虚構性をもったまさに新しい基軸である。

映像作品ではすでに前例があったし、ヒット作も多い。それを文芸で再現しようとしてきた作品は数あれど、『近畿地方のある場所について』ほど文芸との親和性を高めたものはないのではなかろうか。

なにやらすっかり『近畿地方のある場所について』の推薦文のようになってしまったが、筆者が伝えたいことはそこではない。

本作では様々なしきたりや言い伝えにまつわる怪談を取材した。

先述したモキュメンタリーの手法に似ているかもしれないが、これはそれらの取材を余すことなく書き記したものである。

本著を物語として読んだ場合、尻切れトンボのような結末に閉口するかもしれない。だが、これがリアルでもあると知ってもらいたい。

謎が謎のままである場合には、いくつかの理由がある。情報源の限界であったり、こちらの都合の場合もある。はたまたこれ以上調査するのは危険だと判断したり、無駄だと判断する場合も然り。

そういったことで本著はある意味、『怪談としては語るに足らない』ものを収録したことになる。怪談本でもなく小説でもない。一番近いのはルポルタージュだが、それもどこか違うし、ならばいっそのことモキュメンタリーを自称しようか。

逡巡の果てにたどり着いた答えは、『難しいことは考えず、楽しんでもらえればいい』ということだ。

前振りが長くなってしまったが、怪談取材の中で出会った『しきたり・言い伝え』にまつわるものを七つ、ここに収録した。いまや普遍的な人気を博している民俗ものとして、興味深い土着信仰や風習に根付いた題材で不思議な話ばかりだ。

興味をもっていただければ幸甚の至りである。

ちなみに、関係ないが私はモキュメンタリーよりもフェイクドキュメンタリーと呼ぶほうが好きである。

怪談風土記　七つのしきたり

目次

※本書は体験者および関係者に実際に取材した内容をもとに書き綴られた怪談集です。体験者の記憶と主観のもとに再現されたものであり、掲載するすべてを事実と認定するものではございません。あらかじめご了承ください。

※本書に登場する人物名は、様々な事情を考慮して一部の例外を除きすべて仮名にしてあります。また、作中に登場する体験者の記憶と体験当時の世相を鑑み、極力当時の様相を再現するよう心がけています。今日の見地においては若干耳慣れない言葉・表記が記載される場合がございますが、これらは差別・侮蔑を助長する意図に基づくものではございません。

一

ひな流し

――いちまさんの首――

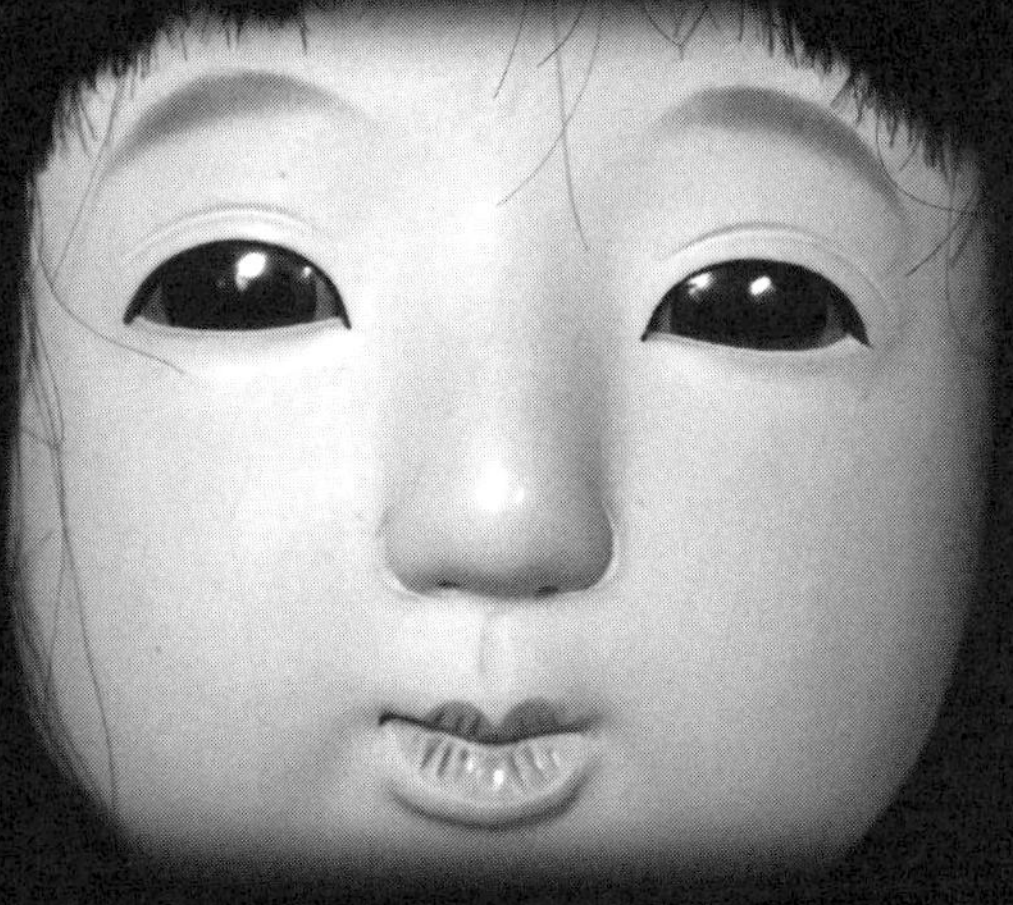

1

義祖母が亡くなったのは、もうずいぶん前の話です。

夫の家に嫁いで、すぐのことだったので個人的な印象は薄いのですが、生前はとても愛らしい、少女らしさを失わない方だったと聞いています。

そんなだからか、義祖母の娘である義理の母はむしろ男勝りでちゃきちゃきした性格に育ち、一緒にいるとどっちが娘かわからなくなることもしばしばだったそうです。

生前、義祖母は八十センチくらいある大きな抱き人形を大事にしていました。私は義祖母のことはあまり覚えていませんが、その人形のことはよく覚えています。亡くなったあともしばらく和室に置いてあったからです。

何気なしに和室に入ると、本物の女の子かと思って心臓が飛び出すかと思ったことが何度もあります。

家族はその人形を『いちまさん』と呼んでいると聞きました。変わった名前だなぁ、と思っていたのですが関西では市松人形のことをそう呼ぶのだと後で知りました。

私は北関東の生まれなので、素直に関心を抱いたことをよく覚えています。

少なくとも十年以上は和室にありました。よくあるガラスの箱に飾られていて、部屋のどこにいても自然と目に入る位置にあったものです。

着物は義祖母のお手製のようで、ところどころに拙《つたな》さが見えました。だけどそれが逆に人形に温かみを与えていて、義祖母の人柄と、人形がいかに大事にされてきたのかを物語っているようです。

「おばあちゃん、よう『わてが逝ぬ時は、一緒にお棺に入れてや』と言うてたんよ」

親戚が集う正月の席で、義理の母が酔いに頬を赤らめてそう話していました。

私はそれを聞いてギョッとし、思わず目を見開いたものです。

「それなのに、どうしてここにあるんですか」

義理の母はすこし黙ったかと思うと噴き出し、義理の父や親戚たちに笑いが湧き起こりました。

「入れるの忘れててん〜！」

義理の母のあっけらかんとした告白に、さらに一同からは笑いが起こりました。どうも一族の中ではこれが笑い話になっているようでした。

ですが、私はどうしても一緒に笑うことができませんでした。義祖母のことを思うと気の毒で仕方がなかったからです。

生前、よほどかわいがっていたいちまさん。一緒にあの世に行きたいという願いをあっさり忘れられ、義祖母はきっと寂しい思いをしているだろうな。

そう思うとやりきれませんでした。

しかし、実の娘だから笑い話で済むのだという理屈もわかります。義祖母が天国で笑って許してくれればいいな、と私は思いました。

ですが、その時です。

「きゃあー！」

それは義理の母の悲鳴でした。

義理の母は、肝っ玉が強く、虫や動物にもまったく動じません。男勝りの性格のせいで、強面《こわもて》の男も平気だし、幽霊やオバケの類の話だって笑い飛ばしてしまいます。むしろ義理の父のほうが、そのすべてにおいて臆病なくらいでした。

そんな義理の母が、若い女の子のような甲高い悲鳴を上げたのです。

部屋は静まり返りました。

義父がよろめいた義母を抱きとめ、状況が呑み込めず呆然としていました。ほかの親戚たちは、ただ目の前で起こった事態に戸惑うばかりで口を開くものすらいませんでした。

いちまさんの首から上がなくなっていたのです。

古い人形なので、もしかすると自然に落ちたのかとも思いました。ですがそれはない、ということはすぐにわかりました。

なぜかと言うと、人形の足元に頭がなかったからです。それどころか、どこにも落ちていません。誰かが悪ふざけでもぎ取ったのかという疑惑の声も上がりましたが、そんなわけもなく、疑いの火はすぐ消えました。

そもそも人形はガラスケースの中にいたのです。

人形の頭をもぎ取るにしても、一度ガラスケースから出さなければなりません。

この部屋でそんなことをすれば目立つので、誰も気づかなかったなどまずありえないことです。

だとすれば、いちまさんの首は突然、なくなったということになります。

『義祖母のお棺に、可愛がっていたいちまさんを入れ忘れた』という話の最中に起こっただけに、義祖母が怒っているのだと私は感じました。

2

この話をしてくれたのは、怪談イベントに観客として来ていたKさんという女性だ。

彼女は結婚していて、大学生と中学生の子供がいる。

一見してこの話は、彼女の体験談かと思うがそうではなく、学生時代の友人から伝え聞いたものだという。そんなわけだから、話をする時Kさんは『たぶん、使えないと思いますけど』と前置きをした。

『使えないと思う』というのは、『これは自分の話ではなく、知り合いの話』という意味であり、さらに言うとKさんにこの話をした〝知り合い〟ですら、さらに別の〝知り合い〟から聞いた話なのだそうだ。

つまり、伝聞の伝聞であり、話そのものが体験者から離れ、独り歩きをしてしまっている『体験者不在の怪談』とも言える。

確かに出所も体験者も不明という怪談は扱いに難しい。

「例えば、話をしてくれた人を辿っていけば、その話の持ち主に行き当たるってことはありませんか」

ダメ元で訊ねてみるが、案の定Kさんは首を傾げた。

この話自体、一体いつごろから流布されたものかすら時系列も怪しいし、地元の人間なら、一度は聞いたことがあるというくらい、Kさんの町では有名だった。

「特に変わった怪談ってわけじゃないんですけど」

そう言って謙遜するKさんに、地元を訊ねると中部地方の某県だと答えた。

「関西の話じゃないんですね」

「そうなんです。それが奇妙で」

市松人形を『いちまさん』と呼び、それが関西の呼称だということは話の中でも触れていた。視点人物は北関東の出身だと言及している。

だがこの話を聞いたKさんは中部地方だ。

と、いうことは『義祖母』が関西出身で、中部地方のその町に嫁いできたということなのだろうか。

「もしよかったら、Kさんにその話をしたという知り合いの方を紹介してくださいませんか」

予想もしない発言だったのか、Kさんはギョッとしていた。

確かにその怪談そのものは、そこまで変わったものでもない。似た話は山とあるだろう。

だが、私・最東にとってその怪談は非常に興味深く、且つ重大な意味を持っていた。

3

N県には明治の遊廓建築をそのまま利用した旅館があった。

コロナ禍の煽りを受け、惜しまれながら数年前に閉館してしまったが、営業していた頃は毎年ひな祭りの時期に大階段にたくさんの人形を飾るのが、風物詩となっていた。

宿泊客の中には、これが目当てでこの時期に泊まりに来るものも珍しくなかった。

大小さまざまな人形が、十五段はある階段に整列した様はまさに圧巻。そして美しい。

ただ、壮観ではあるが奇妙でもあった。

ひな祭りに人形開きをするが、並んでいるものはひな人形だけではない。市松人形や衣装人形といった日本人形もあった。ちょこなんと行儀よく整列しているひな人形の脇で、巨人のように居座る人形は異様のひと言に尽きた。

特に市松人形に至っては大小さまざまで、小さいもので三十センチくらいから、大きいものだと一メートルくらいの、さながら本物の女児くらいの背丈のものもある。

赤い絨毯でめかしこんでいるので、飾りものだというのは一目瞭然ながら、初見なら人形の間に子供がいると錯覚してしまうかもしれない。

ひな祭りの人形開きを聞きつけ、その日、私は旅館に宿泊していた。

コロナ禍以前だったので、ほかに数組の泊まり客も滞在していたが空き部屋があるくらいにはゆったりとしていた。

人形開きの期間はひな祭りよりすこし前倒しではじまり、およそ一週間くらいの予定である。期間中、比較的宿泊客が少なそうな初日に予約した。

「写真を撮っても大丈夫ですか」

半ばファインダーを覗き込みながら、館主の草部さん（仮名）に訊ねると不意に画角が暗くなった。

「すみません。撮影禁止でお願いします」

草部さんが手でレンズを塞いだのだとわかった。

撮影禁止だとは知らず、慌ててカメラを下ろし、私が平に謝ると草部さんは笑いながら気にしないでほしいと言った。

「本当は撮影してもらって、たくさんの人に見てもらいたい気持ちもあるんですけどね。いかんせん、預かりものですので」

預かりもの、という言葉が気になり理由を訊ねてみると、ひな人形以外の人形は旅館の所有物ではないという。

「ここは昔妓楼だったでしょう。このひな人形というのもその時代に遺されたものなんです。それ以外にも遊女がお客さんからもらったり、禿《かむろ》の持ち物だったり、ほかの人形も何体か残っていて。身請けや借金返済……まあ、ほかにも色んな理由で廓《くるわ》を去った女の子が置いて行ったり、当時は人形ってのは神聖なものだったから、捨てるに捨てられなかったという理由もあってね。遊廓の時代が終わったあとも、なんだか行くあてのない人形の駆け込み寺みたいになっちゃって。集まってきちゃうんだよ」

実際、ひな人形一式以外の日本人形は戦後集まったものらしい。

確かに全体的にそれほど古そうには見えなかった。

「集まってくるってことは、ここに出しているもの以外にも人形があるんですか」

「あるよ。キリがないから綺麗なものだけ出しているんだけどね。毎年、お寺さんでお焚き上げしてもらったりして、この旅館にはあんまりないけど」

人形が集まってくると言っても、一部の知っている人だけが旅館に持ってくるだけなので、人形供養で全国的にも有名な某神社ほど夥《おびただ》しい量ではないと草部さんは言った。

「今ではインターネットなんかですぐに広まっちゃうから、ここで人形を受け入れていることは言わないようにしているんですよ。だから、お客さんもどうかこれで」

そう言って草部さんは人差し指を口元で立てた。

「なるほど。だから撮影禁止なんですね。僕はてっきりなんかの曰《いわ》くがあるのだとばっかり」

「いいえ。ごく私的な都合です」

笑い合いながら、すこしがっかりしたのは言うまでもない。

4

その後、『記事にしないこと』を条件に、私は飾ってある以外の人形を見せてもらえることになった。

「怪談作家さん？　ああ、それで人形を見に」

案内してもらう途中、いつまでも伏せておくのも失礼だと思い、草部さんに自分が何者であるかを話した。

「いえ、ここに来たのは趣味みたいなものです」

と返しながら、暗に『なにか怪談はないか』という下心を見え隠れさせた。だが、草部さんはこちらのそんな含みに気付いているのか、「お話できるほどのことはありませんで。すみませんねえ」と先に断られてしまった。

そうして訪れたのは、庭の奥にある離れだった。

鯉池のある立派な中庭から隠れるようにして、小屋が建っている。草部さんが言うには、これは昭和中期に建てられたもので、それほど昔のものではないと言っていた。だが、廃《すた》れ具合も相まって、戦前からあったと言われても信じてしまいそうな佇まいだった。

昔は使用人の寝泊まりに使っていたそうだが、今は畳も外され、物置以外の用途はないという。集まった人形たちはここに収納されているとのことだ。

案内された小屋に足を踏み入れると、むせかえるような埃の臭いに軽く咳込んでしまった。今時めずらしい裸電球の光を入れると、聞いていた通り人形が並んでいた。

ただ、草部さんが事前に言っていた通り、思っていたほどの量ではない。パッと見て数えられるほどの量だった。少なくとも百体……どころか五十にも満たない数だった。

「がっかりしましたか」

草部さんは面白がるように感想を求めたので、素直な気持ちを伝えた。

そうすると草部さんは笑いながら、今では年に一体増えるかどうかだ、という。

「とはいえ、ひな祭りが終われば階段に並んでいた人形がすべてここに収納されるので、オフシーズンの時は今よりずっと狭いんですよ」

そう言って、換気窓を開けた。

実際に見てみると、確かに草部さんが言ったように一体一体が汚れていたり、壊れたりしていて、鑑賞に堪えるものではないと感じた。

そのどれもが元々そんな状態だったわけではなく、展示を繰り返すうちに傷んだりしたものが多いとのことで、数も昔ほど多くないことからお寺でお焚き上げをしてもらう予定もないらしい。

これと言って特筆すべきところはなかったが、古い妓楼を利用した旅館に日本人形というのは非常に絵になるものだ。草部さんが許す限り、私は人形を一体ずつ興味深く観察していった。

「うわっ！」

私は反射的に声を上げ、思わず飛び退いていた。

それを見て草部さんが噴き出す。

「びっくりした……」

「すみません。あまり真剣に見ていたもので、いつ気づくのかとつい……」

私が見たのは、市松人形の首だった。

木製の棚にちょこなんと横たわる市松人形の首。

四肢が欠損している人形は他にもあるが、首だけのものはこれだけだった。

ふと思い至って、胴だけの人形を探してみるが見当たらない。

「この首の胴体は……」

「ないんですよ。それ、首だけが送られてきましてね」

ぞぞぞ、と背筋が粟立った。

「それはどういう話なんですか」

そうして、「記事にしない」という念押しにうなずき、草部さんは話をしてくれた。

5

ちなみにこの話、コロナ禍以前と先述したが実はもっと古く、十年以上前のことだ。

『記事にしないこと』という条件がありながらここに書いた理由はみっつある。

ひとつ、旅館がもうなくなっていること。ふたつ、草部さんがすでに他界されていること。みっつめにご家族からの許可を得ていること。

以上を踏まえて、本著に収録することになった。

かの旅館でそのような体験と、草部さんからの話を聞いていたからか、体験者不在の『いちまさんの首』について、強烈な既知感があった。

草部さんは、「首だけが送られてきた」と言っていたが、正確には人形の首と送り主の手紙が入っていたらしい。

そして手紙には次のような文章が綴られていた。

『●●館　草部様
はじめに
突然、人形を送り付けたことをお詫びいたします。

申し訳ございません。

しかしながら、やむを得ない理由のためお送りしたことをどうかお許しください。

人形の首だけが送られてきたことにさぞ驚かれたのではないかと存じます。

この市松人形は●●●ちゃんという名前で、私が幼いころ海軍に勤めていた父からもらったものです。戦争中、父はほとんど家に帰ってこず、私もまた写真でしか父の顔を覚えていないという状況でした。

結局、父は海上で戦死を遂げ、終《つい》ぞ再会することは敵わなかったのですが、自らの死期を予感していたのでしょうか。●●●ちゃんは、父が戦死する五日前に届いたのです。

そんな思い入れもあって、私は結婚するまでずっと●●●ちゃんを大事にしていました。

恥ずかしながら、結婚するまで一緒に布団で寝ていましたし、夫が亡くなってからはまた一緒に寝るようになりました。

そんな私を娘たちが気味悪がっていることは知っています。しかし、私としては少女だったころの亡き父との思い出といるようで、とても心地よかったのです。

ですが、今は●●●ちゃんと一緒には寝ていません。娘たちの目が気になってではなく、私が家にいないからです。

私はこの手紙を病院のベッドで書いております。お察しの通り、入院しておりまして、病状についてはここに書くまでもありません。もう長くない、ということです。

娘に●●●ちゃんを持ってきてほしい、と頼んだのですが●●●ちゃんが気味悪いのか、触るのが嫌だといって病院に持ってきてくれません。娘の夫や孫にも頼んだことがあるのですが、娘が止めているのか、私の手元に●●●ちゃんは届きません。

ここからのお話はやや唐突で、信じがたいかもしれません。

一昨日の夜に●●●ちゃんがやってきました。夜中に眠っていると私の名を呼ぶ声が聞こえ、目を開けると私のお腹の上に●●●ちゃんの首だけが乗っていたのです。

おかしなことを書いているのは承知です。ですが、本当のことなのです。
●●●ちゃんは私の身を案じ、首だけで来てくれたのです。きっと、五体満足で来るのは大変だったのでしょう。私には●●●ちゃんの気持ちがわかりました。

前置きが長くなってしまいました。

どうして●●●ちゃんの首を草部さんにお送りしたのか、事情をお話しせねばなりません。私は現在入院している、というのは先述いたしました。そして、先が長くないということも書いた通りです。

●●●ちゃんの首とこの手紙が草部さんの元に届くころ、おそらく私はこの世を去っているかと思います。医者から宣告されたわけではありませんが、自分の体のことですからよくわかっているつもりです。事実、●●●ちゃんが首だけでも私の元へ駆けつけてくれたのは、彼女もまた私の死期を悟ってお別れに来てくれたのだと察しております。

今も臓腑をねじ切られるような痛みに耐えながら、この手紙を書いていますことを知ってください。ここまで綴るのに、何日かかったかわからないほどです。

娘が●●●ちゃんの首がないことに気付くと、余計に不気味がってすぐに処分することでしょう。私としてはきちんとした作法に則《のっと》って、●●●ちゃんを弔ってほしいのですが、おそらく私が思うようにはしてくれないでしょう。

そこで、とある知人から以前聞いた●●館で●●●ちゃんを供養していただけないかと思い、筆を執った次第です。

首だけをお送りしたのはそういった事情なのです。決して、曰くのあるものではないので、草部さまのご厚意を信じるばかりでございます。

勝手を申しますが、できるだけ手厚く葬っていただければ幸いです。

一九八八年十月吉日　虫鞍　八津（仮名）』

草部さんは言う。

「首だけなのも、手紙の内容も、不気味なんだけどねえ。十月に書いたって記してあるでしょう？　なのにうちが人形開きをしている三月三日に届いたんだよ？　手紙を書いてから送ってくるまでの五ヶ月間のうちに、この人や家族になにがあったのか、想像するだけで嫌な気分になってしまうね。まあ、案外なにもなかったんだろうけどねえ。ただバタバタして送るのが遅くなっただけ、って思うようにしているけれど」

6

話はやや唐突だが、『いちまさんの首』の話の発端になった人物にたどり着いた。

一部の狭い地域だけで流布されていたということもあって、出所もやはり同じ地域だった。

私は『いちまさんの首』を話してくれた女性から、彼女が聞いたという友人を辿った。その友人もまた『この話は先輩に聞いた話だ』と言ったので、それなりに長期戦を覚悟したが、そのあとは実にあっさりしたものだった。

だが友人からその先輩に行きついた時に、大きな進展があった。

「私のいとこのお母さんから聞いたんです。たぶん、そこから『いちまさんの首』が広まったんだと思いますよ。当の本人は、この辺で有名な怪談になっているって知らないでしょうけど」

それで私はさらにその家も訪ね、話を聞いた。

発火点となったのはまさにそこだった。

金井さん（仮名）というその女性の八つ歳の離れた兄が、いちまさんの首がなくなったという例の現場にいた。金井さんは体験者ではないが、怪の目撃者たる兄から直接聞いたという。

「直接聞いた、って言うと語弊がありますけど……。というのも、その席の時、私は体調を崩していて母と家にいたんです。兄と父だけが伯母の家に行って、帰ってからふたりが母に話しているのを、隣の部屋でなんとなく聞いていただけなんです」

私は金井さんにお兄さんを紹介してもらえないか頼んだ。

だがその願いは叶わなかった。

「兄は他界しました。父もずいぶん前に」

ちなみに言っておくと、ふたりの死といちまさんとの間には因果関係はない。

「では、ご迷惑でなければで結構なのですが、伯母さんの……つまり、『いちまさんの首』の娘さんか、そのご家族を紹介していただくことは可能でしょうか」

はじめて金井さんは口を噤んだ。

思いがけず、重い沈黙が訪れ、なにを言っていいかわからず私もまたしばらく無言でいた。

金井さんの表情には困惑と懊悩の色が滲んでいた。

私を無視しているわけではないが、私の質問が彼女を苦しめていることだけはわかった。なにかを言うべきか、言わざるべきかを迷っている、という風に感じた。

やがて、金井さんの顔からそれらの色が失せ、深く深呼吸をした。

「すみません。本当はあまり言いたくないことなのですが、みんな亡くなっています」

「えっ」

「○○水害で一家全員が亡くなったんです」

「ま、待ってください。亡くなった？」

衝撃的な答えに、今度は私が困惑した。
○○水害といえば、Ｍ県に降り続いた局地的な大雨で、○○市の河川が氾濫した水害のことを指す。関連死を含め、六十人以上の住民が犠牲になった大水害である。
当該一家は、この水害で亡くなったという衝撃的な話だった。

――それってつまり、『いちまさんの首』の事情を知る当事者がみんな死んだということですか？

つい口走りそうになり、慌てて唇を噛んだ。

金井さんは、申し訳なさそうな顔で小さくうつむいた。

そのあと、金井さんは「私が知っている範囲でよければ」と『いちまさんの首』について話してくれた。

噂話レベルのものや、兄や父、話を聞いた母の推察も多分に含まれているので、正確さに欠けているかもとしながら、金井さんは真摯に話をしてくれた。

「確かに親戚の子に市松人形の話をしたことがあります。彼女以外にも、何人かに話しましたが……そんなに広まっているものだとは思いもよりませんでした。もしかすると、彼女が住む地域以外でも知られているかもしれませんね。そう思うと、なんだか取り返しのつかないことをしてしまったような気がします……」

気にすることはないですよ、と元気づけると金井さんは力なく笑ってくれた。

「でも、兄の話が『いちまさんの首』という怪談として、今も語られているのは不謹慎ですけれどちょっとだけうれしいような気もするんです。なにせ、体験者の兄はもう他界していますから。実は兄は生きていて、私の知らないところで話を広めているような、そんな感じがします。

……あ、『いちまさんの首』でしたね」

「ええ。あの話にはいくつか腑に落ちないところがありまして。それについて、知っていることがあればお聞かせ願いたいと思いまして」

そう言ってから、私は許可を得てＩＣレコーダーのＲＥＣボタンを押した。

7

――『いちまさんの首』はいつの話なのでしょうか。

「兄が十歳くらいのころでしたので、今から三十年ほど前でしょうか」

――ということは昭和後期ごろの認識でいいでしょうか。時期などはおわかりでしょうか。

「これははっきりと覚えています。三月三日のひな祭りの時です。私が前日から具合を悪くしていたので、母が『今年はおひなさまを出すのはやめておこうね』と言いました。寝込みながら、それがとても悲しくて、悔しくて、泣いてしまったのをよく覚えています。私が実家にいて、この日にひな人形を出さなかったのは後にも先にもこの時だけでした」

――通常、ひな人形は二月中旬に飾ると思うのですが、金井さんの家では前日に出すのですか？

「そうなんですか？　他の家のことはわかりませんが、私の家では前日に出して、四月ごろまで飾っています」

――それは変わっていますね。一般的には逆で三月三日を過ぎたら、できるだけ早く仕舞うというのが通例ですが。

「気にしたことがなかったので、はじめて知りました。うちが特殊なのでしょうか」

――話を戻しましょう。

その家で三月三日というのは、ひな祭り以外に特別な意味を持っていたりしますか。

「ひな祭り以外にですか？　いいえ、特に思いつきませんが……、私が知らないだけでもしかするとなにかあったかもしれません」

――そのようにおっしゃるということは、なにか心当たりがあるのでしょうか。

「心当たりと言いますか……、単に土地柄なだけかもしれませんが、その家ではひな祭りのことを『ひな流し』と言っていたそうです。あくまで親戚同士の話の中にすこし出てきただけで、『あの家はそう呼ぶらしい』程度のものですが。これも確証があるわけではありません」

――ひな流し……。確かひな祭りの源流となったもので、娘の代わりに厄災を引き取った人形を川や海に流す儀式をそう呼びます。それのことを指しているのでしょうか。

「そうなんですか？　でも私にはわからないです。すみません」

――ちなみになのですが、お兄さんの話の中の親戚の家ですが、そのご家族は関西出身でしょうか。

「いいえ。中部地方です。親族で現在関西に住んでいる者はおりますが、その当時にはいませんでした。どうしてですか」

――いえ、『いちまさん』という呼び方は関西特有のものらしいので、そういう呼び方をしていたということは、関西に縁がある方がいらっしゃったのかと。

「あっ、そういえば。それで思い出しました。『いちまさん』というのは、どこから出てきた言葉なのですか？」

――おっしゃっている意味がよくわからないのですが……

「すみません。省略しすぎてしまいました。ええと、兄の話が『いちまさんの首』という名前で広まっているということは、今回のことでわかりました。ですが、私の兄の話では『いちまさん』という名前は出てきません。なんとなく、話の文脈で人形のことをおっしゃっているということはわかったので、そのことについて聞きませんでしたが……」

――もしかして、お兄さんの話では『いちまさん』という名前ではない？

「はい。首がなくなった人形が市松人形だったというのは確かですが、いくらなんでも『いちまさん』とは呼んでおりませんでした」

――話が広く流布される過程で、内容が脚色されたり、食い違ってきたりということはままあることです。なんらかのきっかけでいつのまにか『いちまさん』という名前になってしまったのかもしれませんね。では、お兄さんの話では、『いちまさん』はなんという名前だったのですか。

「●●●ちゃん、と言います」

8

帰路につく車の中で録音したデータを聴きながら、私は金井さんの話を思い返していた。

結局のところ、『いちまさんの首』については余計に謎が深まった。

体験者である金井さんの兄や父が他界しているため、これ以上の調査は実質的に不可能であり、事実上ここまでが『いちまさんの首』についての限界だろう。

N県の某旅館で見た首だけの『いちまさん』と、Kさんから聞いた『いちまさんの首』の共通点に興味を惹かれ、調査を深めたが収穫と言える収穫はなかった。

しかし、まったくの無駄かと言えばそうではない。奇妙な符合があったことも事実だ。かと思えば、露骨に食い違っている箇所もあるし、この二つの話が同じ出どころかどうかまではわからなかった。

しかし、どうも気味が悪い。

まず、金井さんに訊ねた『いつの話か』という質問について、彼女は次のように語った。

「これははっきりと覚えています。三月三日のひな祭りの時です」

しょっぱなから『いちまさんの首』とは食い違っている。『いちまさんの首』では、正月の寄り合いの席での出来事だったはずだ。時期としてはまるっきり違うので、やはり別の話だと考えるのが妥当のように思えるが、一方で某旅館で草部さんはいちまさんの首が送られてきたのは三月三日だと話している。

どちらも桃の節句、ひな祭りと同じというのは偶然なのだろうか。

食い違っているところはまだある。金井さんの伯母の家でいちまさんの首がなくなった時期と、首が病院にやってきたという時期だ。

前者は言わずもがな三月三日だが、後者は十月……もしくは十月よりも前だ。『いちまさんの首』においては義祖母はすでに亡くなっている設定なので、手紙の老女がこの義祖母と同一人物だというのは考えにくい。

しかし、しかしだ。

これらの食い違いを一掃する符合もある。

それは手紙にあった旅館に送られてきた首だけの市松人形の名前だ。

『●●●ちゃん』

それは金井さんが話した『いちまさんの首』の『いちまさん』の本当の名前と一致していた。

さて、どうして本稿でその名を伏せているのか。それについても言及したい。

金井さんは、この名前を聞いて言葉を失くしている私に構わずに話を続けた。

「●●●ちゃんっていう名前なんですけど、伯母と同じ名前なんです」

私はそれを聞いて思わず「はい？」と間抜けな返事をしてしまった。

「どうもおばあちゃんは、自分が可愛がっていた人形の名前を娘に付けたみたいなんですよね。だから、娘である伯母も自分と同じ名前の人形を嫌ったんだと思うんです。お棺に人形を一緒に入れなかったのは、自分と同じ名前の人形を入れるなんて、とんでもなかったんじゃないでしょうか」

『いちまさんの首』の話では、義祖母のお棺にいちまさんを〝入れ忘れた〟と笑っているが、これが自分と同じ名前の人形だとすれば意味合いは変わってくる。わざと入れなかったという線は充分にあり得るし、さりとてそれが悪意からくるものとは断言できない。

そして、時系列の矛盾を一旦無視するなら、最大の謎である『首がどこに行ったのか』という疑問にも一応の答えが出るのではないか。

だが、『いちまさんの首』を発端とした一連の話でもっとも大きな謎とは、実は『首がどこに行ったのか』という点ではない。

思い出してほしい。金井さんは『いちまさんの首』を兄の話だと語った。

だが実際はどうだったか。

私がKさんから聞いた『いちまさんの首』で語り手にあたるのは、その家に嫁いできた女性だ。それに本当は三月三日なのに、正月が舞台だったり、矛盾する箇所も多い。

話が伝聞する過程で内容が変わっていってしまう、というのはよくある話だが語り手そのものが変わる、ということはあり得るだろうか。

私はここに作為的なものを感じる。

『誰か』が、『故意』に、『話を改竄《かいざん》』したのではないか。

金井さんの家に伝わるひな人形の飾り方も気になるところだ。

一般的にタブーとされている行為（三月三日を過ぎても片付けない）をわざとしているところに、なにか作為的なものを感じてしまう。

その後、水害で一家全員が死亡したとされる家族。他界した金井さんの兄と父。

関係者が全員鬼籍に入ったことで、これ以上の真相を追うことは難しくなった。

だが手がかりが完全になくなったかといえば、そうでもない。

金井さんから一通り話を聞き終えた私は、先述のように『いちまさんの首』と金井さんの兄の話は違う話ではないか、という考えを話した。

そして、改めて金井さんのお兄さんが体験したという『いちまさんの首』の元になった話を聞かせてもらえるよう頼んだ。

代わりに私が聞いた『いちまさんの首』を聞いてもらい、さらに某旅館でのことを話すことにした。

9

駐車場に車を停めたあとも、真っすぐに自宅に帰る気にもなれず、私はしばらく物思いに耽っていた。

金井さんが語った『いちまさんの首』の元になった、お兄さんの話。

これはまた私を悩ませることとなった。

その話とはこうだ。

兄が父に連れられて伯母さんのところに行ったのは三月三日のことです。

毎年、桃の節句に家族で伯母の家に集まるんです。

伯母の家……正確には伯母の弟である父も含めた一族では、一般的なひな祭りは行いません。というより、伯母さんには子供がいないのでする必要がありませんでした。

それなのにどうして毎年この日に集まるのかというと、おばあちゃんが招集をかけるからです。

と、言っても集まるのは比較的近くに住んでいる親戚ばかりで、人数は多くありません。昔は、この日のために遠方からやってきた人もいたそうですが、兄が行った時には六人ほどしかいなかったということです。

おばあちゃんの家ではひな祭りではなくひな流しと言っていたのですが、理由はわかりません。ただ、父が三月三日のことを当たり前のように「ひな流し」と言っていたので、子供のころの私はとても混乱しました。私の家ではしっかりと三月三日にはおひなさまを飾り、四月半ばに片付けるまでをひな祭りと呼んでいたからです。

伯母の家でなにをするかと言えば、これと言って特別なことはありませんでした。

ただ親戚が集まって、おばあちゃんと●●●ちゃんを囲み、みんなでおはぎやお赤飯を食べる。それだけのことです。だから私も別にそれについておかしく思ったことはありません。

その年は、おばあちゃんが亡くなってはじめての寄り合いでした。

私は具合を悪くしていて行きませんでしたが、結果的にそれ以降も行くことはありませんでした。なぜなら、この年を最後に三月三日の寄り合いはなくなったからです。

招集をかけていたおばあちゃんが亡くなってしまったのだから、もう集まる意味はないだろうとのことでした。

伯母の家から帰ってきた父がそう話している横で、兄はなぜかずっとうつむいていました。

普段は兄と私は子供部屋で一緒に寝ているのですが、私の具合が悪いということもあって、その晩に限って兄は両親と寝ることになっていました。ですが、その日の夜更けになって、私がひとりで寝ている部屋に兄がやってきたのです。

私がびっくりしていると、兄は「しーっ」と口元に指を立て、私の横に座りました。

薬を飲んで一日寝ていたおかげで、その頃には私の具合もずいぶんマシになっていました。体を起こして、一体どうしたのかと聞くと、兄は「話を聞いてほしくて」と切り出しました。

そうして兄は伯母の家でのことを話したのです。

父と二人で伯母の家に行くと、毎年用意してあったおはぎと赤飯はありませんでした。代わりに寿司や天ぷらなどがテーブルに並び、兄はとても喜びました。

おばあちゃんはこの前の年の十月に亡くなっているので、今考えると当然なのですが、兄からすると例年とまるっきり違うので、お寿司に喜びつつもすこし戸惑ったそうです。

大人たちが酒を飲んで盛り上がっている中、お腹いっぱいになった兄は暇を持て余して伯母の家を探検しました。いつもは母がいて、おばあちゃんもいるので、家の中をうろちょろするとお行儀が悪い、と怒られていました。

特におばあちゃんはとても勝気な性格で、口の利き方もまるで男の人のように乱暴でした。私も兄もおばあちゃんに怒られるのがとても怖かったので、いつもおとなしくしていたものです。

でも母もおばあちゃんもいないということもあり、兄ははじめて伯母の家をじっくり観察できたのでした。

「●●●ちゃん、●●●ちゃん」

家の中を歩いていると、どこからともなく声が聞こえたそうです。

おばあちゃんの声に似ていましたが、そんなわけがないと兄は思いました。

「～～だけで飛んで来てくれたんだね。ありがとう、ありがとう」

はっきりとは聞き取れなかったので、なに〝だけ〟なのかはわかりませんでした。

それでもやっぱりおばあちゃんの声のように思えます。

それからもおばあちゃんが誰かと話しているような声は続いていて、兄はその声がどこからしているのか、気になりました。

耳を澄ましながら、その声がする方へと歩いて行くと、それは浴室から聞こえてくるようです。

兄は怖い、とも思いましたが、好奇心のほうが勝ったと言いました。

脱衣所までやってくると、おそるおそる浴室の引き戸から中を覗き込みました。

縁一杯に水を張った浴槽に、女の子の首から上だけが浮いていました。

兄が思わず声を上げようとしたその時、客間からすごい叫び声が上がったそうです。

あまりにすごい叫び声だったので、兄の方が飛び上がってしまいました。

一瞬、首のことが頭から吹き飛びましたがすぐに思い出し、浴槽を見ると、すでに首はなかったと言います。

見間違いだったのか、と兄は思いました。なにしろ見たのは一瞬のことでしたから。

とにかく叫び声が気になったので、客間へ駆け戻ると伯母さんが伯父さんに抱きかかえられて、ぐったりとしている光景がありました。

状況が呑み込めないでいると、ガラスケースに入った人形が兄の目に飛び込んできました。それはおばあちゃんが大事にしていた●●●ちゃんの人形でしたが、首から上がなかったのです。

「俺が見たこと……誰にも言えなくて」

兄はそのことをずっと誰かに話したかったのだと言いました。

結局、●●●ちゃんの首は見つからなかったそうです。

食い違うところが多すぎる。

いや、というよりも旅館での話と符合しすぎると表現したほうがいいかもしれない。

念のため、私は金井さんにも私が伝え聞いた『いちまさんの首』を話してみたが、「似ているけれど、私の話ではない」と言って気味悪がられてしまった。

ならば、どこでこの話は今のように変容したのだろうか。

後日、私はもう一度Kさんに連絡を取り、そのことを聞いてみることにした。

一体、この怪談はどこに向かっているのだろうか。

10

Kさんにも改めて話を聞きにいった。彼女は金井さんのことは当然、知る訳もなかったが、『いちまさんの首』の元となった金井さんの話には関心を示した。

その上でKさんは次のように語ったのである。

「怪談って、同じ話でも誰から聞いたかで微妙に変わることってあるじゃないですか。私もそういうことだろうと思っていたんです。ええ、だからそっちの話も聞いたことがあります。バージョン違いの『いちまさんの首』があるということは知っていましたが、あくまで私が知っているのをお話したという感じです」

バージョン違いの話である金井さんの話。これを知っている人間を遡っても仕方がない。

この時の私は、むしろKさんが話してくれた『いちまさんの首』こそが出処不明の話ではないかと睨んでいた。

と、いうのも、

寄り合いの席の時期――
義祖母の性格――
『いちまさん』という名前――
北関東生まれの視点人物――
人形の着物は義祖母のお手製――
娘がいちまさんを棺に入れなかった理由――

など、食い違うところが多すぎるのだ。

一方で、草部さんに届いた老女からの手紙の内容が驚くほど、金井さんの話と合致する。

ならば、『いちまさんの首』は一体どこから広まり、そして誰の話なのか。

『いちまさんの首』という話そのものの正体がわからない。

　金井さんが姪に話した時点ではそのまま伝わったはず。では、姪が後輩に話し、その後輩が友人であるKさんに話したというこのブロックでなにかがあったと考えるほかない。手間ではあるが、Kさんの友人にももう一度会いたいと連絡してもらうよう頼んだ。だがKさんは、困惑の表情を浮かべたまま呆然としている。

「どうしたんですか」

　そう訊ねる私に、Kさんは驚くべきことを言った。

「誰でしたっけ」

「はい？」

「この話、誰から聞いたんでしたっけ」

度忘れしてしまったのか、と苦笑しかけた口元を噛み、私は以前紹介してもらった——

「ええっと……」

　私も思い出せなかった。

　そんなわけはない、ともう一度集中してみるが思い出せない。それどころか、顔や容姿のことも靄がかかったように、曖昧なものになっていた。

　気づくと、私もKさんも汗だくなのに真っ白な顔をしていた。

Kさんの友人には、紹介してもらって待ち合わせを決めたので名刺は渡したが、相手の連絡先は聞いていていない。すなわち、Kさんが友人と連絡をとれないとなると、私はお手上げなのである。

金井さんの助けを借り、こちらも一度話を聞かせてもらった姪の女性とつないでもらった。しかし、姪の女性が話したというのは違う人物の名前だった。

肝心な名前は思い出せないが、違うということだけは確信を持ち、根気強くその名が出てくるのを待ったが、結局最後までこれだというものは聞きだせなかった。

仕方なく、姪の女性が例の話を話したという後輩すべてに会おうと試みたが、さすがにそこまではできないと断られてしまった。

こうして私は完全に八方ふさがりとなった。

金井さんの父と伯母、それに祖母の家系は三月三日を『ひな流し』と呼び、一般とは違う習わしを持っていた。しかし、金井さんの話から察するに、これを守っているのは祖母ひとりで、父と伯母はそれに付き合っていただけだったのではないか。

その証左に、祖母の死をきっかけに三月三日の集まりはなくなっている。

では、祖母の一族の『ひな流し』とは一体どんな習わしだったのだろう。一般的には、娘の厄災を引き受ける人形を海や川に流す儀式となっているが、これと同じものだったのだろうか。

実際、金井さんの話の中で市松人形は娘の名前が付けられていることがそれを裏付けている。

――いや、違う。
●●●ちゃん、と娘と同じ名の市松人形は伯母が生まれるよりもずっと前に祖母が持っていたのだから、身代わりとしてはおかしい。仮に、わざとその名前を生まれてくる娘に付けたのだとしたら、一般的な『ひな流し』とは逆の意味だったのではないだろうか。
つまり、『人形の厄災を娘に引き受けさせる』。

首が亡くなったのと、手紙の祖母の元に首が来た時系列が食い違っている、と一度考えたが、もしかすると首は祖母の元へ飛んでいって、もう一度戻ったのかもしれない。

あまりにも非常識な仮説なので、信じたくはないが……もしも、●●●ちゃん人形に自我があり、首から上が自在に動けるのであれば――

『首だけなのも、手紙の内容も、不気味なんだけどねえ。十月に書いたって記してあるでしょう？　なのにうちが人形開きをしている三月三日に届いたんだよ？』

草部さんの言葉がよみがえる。

三月三日の伯母宅で首が消え、その首が旅館にやってきた。

やがて、人形の首の身代わりとして伯母が水害で死んだ。●●●ちゃんの厄災を引き受けて――

などというのは、いささか思い込み過ぎだろうか。

しかし、そのように考えればいささか強引にでも仮説は立つ。

だが、まるでわからない、気味の悪い謎がひとつだけ残っている。


〈『いちまさんの首』を広めたのは誰か〉

微妙に脚色をくわえた違う話として、こちらのほうがKさんの地域では広まっている。

むしろ本当の話のほうは知名度が低い。あくまでこちらが本筋として語られている印象だった。

誰が、なんのために、という謎はついて回るが、むしろ私はこう考える。

――本当の話を広めないために流布した。

そうすれば、脚色の部分がただのでたらめであっても不思議ではない。

ただ、金井さんのお兄さんの話を思い返した時、妙な違和感があるのも確かだ。

その違和感とは、当時伯母宅に集まっていた人数である。

お兄さんと父、伯母夫婦を含む六人がいたという話だった。

さらにこの話の中には二人、説明のない人間がいる。

これがもし、『いちまさんの首』における視点人物の女性と、その夫だとしたら人数は合う。

普通に考えるなら、親戚の寄り合いなのだから親戚であるのが妥当だ。

いや、これが親戚であろうがなかろうが、それは問題ではない。

この二人が、『いちまさんの首』を流布したのだとしたら——

話を流布した人物と、●●●ちゃんの首の行方。この謎だけを残して、私は『いちまさんの首』についての調査を終えた。

寝言に答えてはいけない

有名な迷信で『寝言に返事をすると寝ている人が死ぬ』というものがある。もちろん医学的にはまったくのデマということだが、どんな理由でこんな迷信が生まれたのだろう。

かつて生き物が眠るというのは仮死状態の一種だと考えられており、体と魂が剥離している時間だった。しかし、その状態でもかすかに魂と体はリンクしているから、あの世を漂っていた魂が発した言葉を体が発してしまうことがある。これが寝言の正体だと思われていたのだ。

だから寝言に返事をすると、体が魂がここにあるものと勘違い……というか混線し、バグを起こす。その結果、あの世を漂っていた魂が体に戻れないという事態を引き起こすのだという。

意外と怖い迷信だ。

二

殺すと家が燃える

——家焼蟹——

1

以前、別件の取材でS市に訪れた。

海に囲まれた漁業が盛んな町で、入る店はどこも魚がうまい。

郷土料理も興味深く、芋の茎を炒めたものなどめずらしいものもあった。

取材と称して全国津々浦々の地の食べ物を食せるのは、役得である。

役得といえば、まさに職業病とも言える習慣が私にはあった。

「このあたりで有名な曰くつきの場所とか、不思議な話とかありますか」

怪談作家や怪談師の取材では、「怖い話」や「怪談」という表現をなるべく控える場合が多い。このように聞くと、相手が自分の中でハードルを上げてしまい、話を引き出しづらいのだ。

だから、「不思議な話」や「変な話」がないかという訊ね方をする。

そうすると不思議と「そういえば……」と話を聞けることがある。とはいえ、これで劇的に変わるかと言えばそうではないのだが。

ともあれ、その時も私は食事のついでに店の女将《おかみ》さんに聞いてみた、というわけだ。

「この辺で？　なあ、お父さん。なんかあるかな～」

能天気な女将さんの声が厨房に投げかけられると、奥から大将が出てきた。

白髪の角刈りでいかめしい顔つきの、まさに海の男……もしくはトラック野郎、という風貌の大将が、にこりとも笑わずに「そうだなあ」と考えてくれた。

外見のいかつさとは違い、とても人のいい性格のようだ。

大将はいくつかのスポットを挙げてくれたが、不思議な話というほどのものはないと言った。

「ありがとうございます」

大将が挙げてくれたスポットはどれも下調べ済みだった。

こういうことはよくあることなので、別段落胆もしないが、油断していると時折とんでもない情報にありつくことがあるから、地元の人の話は油断できない。

お代を払い、店を出ようとしたところに小学生くらいの少年が駆け込んできた。

「じじ、見て！　蟹！」

得意げに少年は小さな虫かごを掲げた。

「勇太、お前これは家焼蟹じゃないか。すぐ戻してこい」

大将のその言葉が私の足を止めた。

家焼蟹？

「えぇー！　せっかく捕まえたのに！」

振りむくと透明なプラスチック製の虫かごを抱きながら、不満を口にする少年と、それを睨むようにして見つめる大将の光景があった。

無視して立ち去る気になれず、つい口を挟んでしまう。

「家焼蟹とは、どんな蟹ですか？」

意表を突かれたのか、大将はすこし驚いたように顔を上げたが、すぐにいかつい顔に戻った。そして、少年が大事そうに抱えている虫かごを指差しながら「これだよ」と言う。

少年に近づき、しゃがみ込んで「おじさんにも見せてくれない？」と頼むと少年は嬉しそうに虫かごを差し出してくれた。

「これ、赤いの」

「へぇ〜」

中には三〜五センチほどの赤い蟹が三匹、尻くらいの水に浸かっていた。全身赤いが、両爪の先だけが白い。

殻がごつごつしていて、なんとなく大将のいかつい顔に似ている。

「いいか、勇太。こっちの二匹はええ。でも、この一匹は家焼蟹だから、いたところに戻してこい」

「やだ！」

「いい子だから言うことを聞け。明日水族館に連れて行ってやるから」

「え、ほんとに」

大将の譲歩に勇太少年は容易くなびいた。

さっきまでの不貞腐れ顔はどこ吹く風だ。

「全部同じに見えますけど、違う蟹なんですか」

大将は虫かごを覗きこみ、真ん中の蟹を指差すようにコンコンと叩いた。

「こいつが家焼蟹。あとの二匹はアカテガニっていう種類だ。よく見てみな、甲羅と爪の形状が違うだろ」

そう言われて見れば、確かに違う。だがよく似ている。

そもそもS市のような自然との距離が近い場所ではない出身の私としては、川にいる蟹はどれも同じに見えるのだから、当てになるはずがなかった。

「家焼蟹っていうのは、なんか物騒な名前ですね」

捕まえた場所へ家焼蟹を返しにいく勇太少年を見送りながら大将に聞いた。

「あれはおっかねえ蟹でね。もし間違って殺しちまうと、家が焼けてしまう」

「え、なんですかそれ」

思わず前のめりになってしまう。興味深い話だ。

「そういう言い伝えだ。わしは古い人間だから、そういうのを信じているんだよ。若い人には笑われるかな」

「とんでもない。よかったらその話、詳しく聞かせてもらえませんか」

2

「詳しい話っていっても大した話じゃない。家焼蟹を殺すとその家は火事になってしまうんだ。家の人が死ぬのかって？　それは場合による。逃げ遅れればそりゃ死ぬだろうが、わしがガキンチョの時に耳にタコができるほど聞かされた話では、家が火事になるっていうだけだ。実際、言い伝え通り火事になった家がいくつかあった。みんな、家焼蟹を殺したからだって言っていたっけなあ」

大将の話はそれだけだった。

子供に殺生をしないよう言い聞かせる小話として、地域に根付いたもののようだ。

しかし、気になるのはなぜ『家焼蟹』なのか。

「家焼蟹っていうのは、本当はなんて名前の蟹なんですか」

そう訊ねると大将はきょとんとした。

そんなことははじめて聞かれたらしく、私が訊ねるまで考えたこともないそうだ。

曰く「家焼蟹は家焼蟹」だそうだ。

こんなことなら勇太少年が返しに行く前に、写真の一枚でも撮っておけばよかったと後悔した。

本当なら、この家焼蟹について掘り下げるべきなのだが、先述したように私は別件の取材でこの地を訪れていた。家焼蟹に割く時間的余裕はなかったのである。

その後、帰ってきた私は家焼蟹のことを調べてみた。

……が、ネットの検索ではまったくヒットしない。そんなことがあり得るのかと思い、やや焦りつつ掘ってみるが求める情報は一切なかった。

こうなれば人脈をフルに活用するしかないと思い、知り合いの怪談作家や怪談師に片っ端から家焼蟹について聞きまわったが、これもまたなしのつぶてだった。

家焼蟹という小さな蟹でこんなに苦戦するとは思いもよらなかった。

この件について、いよいよ現地まで再訪するしか手がかりを得られないと考えたが、生憎《あいにく》そこまで時間と経費をかけられない。家焼蟹について諦めかけていた時、情報を募っていた怪談師のひとりから連絡があった。

『蟹の話を聞いたけど、前に調べてた家焼蟹のことじゃない？』

私はこれに飛びつき、すぐにでも話が聞きたいと頼んだ。

すると怪談師Jはリモート通話を申し出てくれたので、それに甘えた。

「最近、私が聞いた怪談なんだけど。その人も海の近くに住んでいるらしくってね。Y寺院っていうお寺が近くにあるんだって。子供さんがまだ小さいっていうんで、飼っている犬の散歩がてらほぼ毎日お寺の境内に行くらしいんだけど、子供さんが蟹を捕まえてくるんだってさ。それが三センチとか五センチくらいの沢蟹みたいな小さな蟹なんだけど、近くに川や池みたいな水源がないから、いったいどこから来たんだろうって不思議に思ってたの。でも週に一回、多い時は週に三回も蟹を見つけては捕まえて見せにくるから、その人も困ってたんだって。だって、まだ幼いからか、いくら捕まえちゃだめだって言っても捕まえちゃうから。それにその人、虫が嫌いだから蟹みたいなのも虫っぽくて嫌いなの。だから子供さんが蟹を捕まえてくるのが嫌で嫌で。

そしたらある時から、ピタッと蟹を捕まえなくなったんだって。最初はやっと私の言うことを聞いてくれるようになったんだ～って、安心してたらしいんだけど、どうも違ったみたいなんだよね。捕まえなくなったっていうより、捕まえられなくなったっていうか……いなくなっちゃったんだって。そう、お寺から蟹がいなくなった。

子供さんの拙い言葉からそれを悟ったんだけど、単純に疑問だった。だってあれだけしょっちゅう見つけては捕まえてきた蟹だから、なんで急にいなくなるんだって。それを言ったら、水源もないのに蟹がいたこと自体謎なんだけど、それは棚に上げても急にいなくなったことが不思議で。

ある時、お寺で子供さんと犬を遊ばせていると住職さんに会う機会があったんだ。

そのお寺の住職さんに会うのははじめてだったらしいんけど、その住職さん、挨拶をすると突然こちらにつかつかと歩み寄ってきて、「あんた、誰や」って。この話をしてくれた人ね、結婚してこの辺に引っ越してきたんだって。でもそれにしたって数年経ってたし、このお寺だって住職さんと会ったことがないというだけで、すっかり愛着もあった。だから、住職さんの剣幕に驚いちゃってさ。

でもすぐにハッとしたんだ。もしかしたら犬を入れちゃいけなかったのかな、って。けど住職さんはまったく違うことを言ってきた。

「そんな小さい子連れてきたら蟹がでるぞ」って。その人、面食らっちゃって。蟹？　って。

それで「蟹だったら何回かうちの子が捕まえたことがありますけど……。あの蟹って、一体どこにいてるんですか」って聞いたの。したら、みるみる住職さんの顔が青ざめていって、すぐそばで犬と遊んでた子供さんを振り返ったかと思うと手を合わせてお経みたいなのを唱えだしたの。そんなの見たらびっくりするじゃん？　だから飛び上がって、子供さんを抱きかかえると「なんなんですか！」って大声を上げたのね。でも住職さんは構わずにぶつぶつ唱えてるだけで。もう一回詰め寄ろうかと近づいたら、住職さんの頭から顔から、汗びっしょりでさ。とてもなにか言える状態じゃなかったみたいなのね。

それでとりあえず唱え終わるまで黙って待ってたんだ。五分くらいって言ってた。終わって、住職さんはそれでも強張った顔のまんまで、「知らなかったのは仕方ない。私もこれまで気づかなかったのが悪かった。されども、蟹を見つけて触ってしまったのなら、これから十日間は火を使わないようにしなされ」って言ったんだって！

理由を訊ねたらその住職さん、「その蟹はかつてとある上人様の御坊が焼けた時、上人様をお助けするために口に水を含み、火消しにあたった蟹なのです。たくさんの蟹が水を吐くだけでは火を消せず、果ては水を含んだまま火の中に突進して鎮火しました。この寺院はその御坊があった跡に建てられたもので、ここでの蟹は神様の使いなんです。もし、その蟹をぞんざいに扱ったり、殺してしまったりすると怒ってその家が火事になって焼けてしまう。お子さんが蟹を捕まえただけで殺していないのなら、そこまで怒っていないはずなので、十日間毎晩謝りながら火を使うのを控えなされ。絶対ですぞ」

それでその人も住職さんの話を真に受けて、しっかりと言いつけを守ったの。十日間、火を使わないのは大変だったけどなんとかしたって言ってた。もしも、その人が住職さんの言いつけを守らずに火を使っていたら、本当に火事になっていたのかな〜って考えると、ちょっと怖いよね。それで〝そういえば殺すと火事になる蟹の話を調べていた人がいたな〜〟と思いだしたってわけ」

3

Jはこの話は某県のI町と言っていた。

無駄かと思っていた怪談仲間たちからの情報収集だったが、こうやって最終的には有力な情報を得ることができた。

その後、Jが独自に調べてくれたところによるとこの話に出てきた『とある上人を救った蟹』というのが、アカテガニという蟹だということがわかった。

ふと、S市で大将が勇太少年の捕まえてきた蟹のうち、家焼蟹と違うものをアカテガニと言っていたのではないかと思いだした。

いわばハズレの蟹だ。しかし、Jの蟹怪談ではアカテガニが火を消し、焼かれて死んだ。それなのに『殺せば家が火事になる』という要素は同じだ。

さらに私を悩ませたのは地域である。S市と寺院のある海の町はまるっきり違うところにある。S市は瀬戸内で、I町の寺院は日本海側だ。海の種類すら違う。

このふたつの話は似ているものの、同じものだとは思えなかった。

もしかすると、『蟹を殺すと火事になる』という言い伝えは、全国に点在するものなのかもしれない。

というか、よくよく比べてみれば、かたや『家を焼く蟹』であるのに対し、かたや『火事を消した蟹』である。殺すと家が燃える点は同じでも、その出自は違うものなのではないか。

そう思いながらも、Jから聞いた話について裏どり作業をしていると、驚愕の事実に行きついた。

御坊の火事を蟹から救ってもらったとある上人の出身がなんとS市だったのである。

まるで接点のない話だと思っていたが、あった。

点と点をつなぐ線が、この上人だったのである。

上人は一四七〇年ごろに北陸を中心に浄土真宗を教えを広め歩いた人物だ。晩年は現在のI町に移り、一五〇六年にこの地に御坊を造営している。

御坊は戦乱の世を乗り越え、やがて寺院としてたくましく泰平の世を見守ったが、大戦末期、空爆に起因する山火事で焼失した。

現在のものは戦後しばらくして建てられたもので、それに伴い寺の名も改められた。つまり、私が訪れたS市にも上人由来の寺が存在するのである。

上人について一通り資料を読み終えると、S市にある寺（以後S寺とする）を検索してみた。するとS市には同じ名前の寺がいくつかあるようで、特定するまでに手間取った。日本全国に同一名の神社・仏閣が多くあることは知ってはいたが、同じ市内にいくつもあるのには驚いた。実はめずらしくないことなのだろうか。

しかし、本当に驚いたのはそれではない。ここだと特定したつもりのS寺が、マップの情報によると『閉業』となっていたのだ。

必ずしもネットの情報が正しいとは言えないので、この情報を鵜呑みするわけにはいかないが、S寺の口コミ欄には『廃寺』、『心霊スポット』などの言葉が躍っており、思わず息を呑んだ。

動画検索をかけてみると、心霊系の配信者が何人もS寺を訪れていた。

ヒットした順から動画を見ていくと、S寺は本当に廃寺なのだとわかった。それだけでなく、今は『心霊スポット』としても一部では有名らしい。

とはいえ、怪談作家の私ですら知らなかったくらいだから、本当に『地元では有名』だとか『知る人ぞ知る』といったレベルだ。大手と呼ばれる有名心霊系配信者も訪れているが、それほど話題にはならなかったらしい。

どの動画も不気味で怖ろしい——が、夜の廃寺などどこでも怖い。

廃寺になったのは十年ほど前らしいが、管理されていない割に荒らされてはいない。堂内には仏壇や、住職や法要の様子を写した額、仏教の本や掛け軸などがそのまま残されていた。

特に有名配信者の動画では暗視カメラを使用しての撮影がされており、暗い中でも中の状態がよく確認できた。なにかしらのハプニングを期待していたものの、位牌や写真にワーキャーと騒いでいるだけで、なにも起こらない。

数多ある心霊スポット突撃動画という趣きから良くも悪くもはみ出してはいないという印象だ。別の配信者が廃寺になった経緯について動画の中で解説していた。取材の手間が省けて、非常に助かる。

取材の怠慢ではない。上手く時代の利器を使いこなしていると思ってもらいたい。

4

『え～こちらの廃寺なんですけど、元はS寺というお寺で今から十年前までは管理されていたらしいです。でも住職さんがほとんどいなかったみたいで、廃寺になる何年か前から今と同じような状態だったそうです』

緑色の派手な髪色をした若者がS寺を背景にして説明をはじめた。

『住職がほとんどいなかった』、というのはどうもここの和尚は住み込みではなく、寺に通っていたということのようだ。その場合、住職と呼ぶのは正しくない気がするが、まあ細かいことなので、私も住職と呼ぶことにする。

『住職さんは高齢だったんですけど、割と矍鑠《かくしゃく》としてて病気とも無縁だったらしいです。毎朝、境内の掃除をかかさなかったし、参拝客には明るく挨拶をしていたって近所の人は言っていました。だけど、ある時期を境にあまり姿を見なくなったそうです』

画面が切り替わり、堂内で撮影した額縁の写真が映し出された。ぼかしのせいではっきりと顔がわからない。

私は一旦、動画を停止し、S寺を探索した別の動画を見る。するとやはりぼかしがかかっていない住職の写真があった。いつの写真なのかはわからないが、顔に刻まれた皺と顔の雰囲気からして七十代くらいだろうか。

気が済んだので、元観ていた動画に戻って再生する。

『それにはきっかけがあって、住職さんの家族に不幸があったみたいなんですね。それであまり寺に通えなくなった。詳しくはわからないって、聞いた人が言っていましたけど、引き継ぐ人もいなかったみたいで、結局住職さんが来なくなってそのまま今に至る……ということのようです』

話を聞きながら、別の動画で見たばっかりの住職の顔が目に浮かんだ。

人あたりがよさそうな好々爺という印象もありながら、教えには厳しそうな強いまなざしがあった。きっと、ご近所からも親しまれていたに違いない。

そんな住職が、寺に来られないようになるほどの不幸とはなんだろうか。

緑髪の配信者のこの動画も含め、他のS寺の動画にもそれについて詳細を語ったものはなかった。

ネットで情報を掘ってみるが、やはり限界がある。動画で語られている以上のものはない。

直接、現地に行くことも考えてみたが、結局のところ、配信されている動画がもっとも濃い情報であり、本数もある。それに住職がいない以上、家焼蟹のことはわからないだろう。そう思うと経費と時間を費やして現地に飛ぶのは無駄だ。

だが、ここから得られることはもうない。

何時間もパソコンのディスプレイに齧りついて動画を見ていたからか、すっかり疲れてしまった。今日はこの辺にしておこうと、私はシャワーを浴びることにした。

しかし、シャワーは浴びなかった。

動画のコメント欄の中に気になるものがあったからだ。


『学生時代までI町に住んでいたものです。ここのご住職、とても親しみやすい人で大好きでした。小学校のころは友達としょっちゅうS寺の境内で鬼ごっこをしたりして遊んでいた思い出……。うるさくしても全然怒らないでニコニコしてましたけど、危ないことや行儀の悪いことをすると、すごく大きな声で怒鳴られました。今、思うとそういう大人っていなくなりましたよねー。ご住職が、お寺にこられなくなった理由ですが、息子さんが火事でお亡くなりになって、精神的に消耗しちゃったんだと親から聞かされました。息子さんはお寺とは関係のない仕事に就いていて、お孫さんもいらっしゃったそうです。たまにお孫さんがお寺に遊びにきていました。息子さんのご家族がご健在かまではわかりません。ただ、それがきっかけでご住職がS寺から去ったというのは確かのようです』

サーッ、と血の気が引くのがわかる。

火事。

火事が原因でS寺は廃寺になった？

偶然か？　偶然なのだろうか。

しかし、S寺に関して蟹の要素は見当たらない。火事という不幸があったからといって、家焼蟹と紐づけるのはいささか早計なような気がした。

気づくと、ごくりと生唾を呑んでいた。もしかすると、とんでもない事実に近づいているのではないか。

コメントをスクロールしていたマウスホイールの指が止まる。

『3:14 のところ、ゴキブリいた』

『寺の廃墟にゴキブリはいないだろカミキリムシっぽく見えた』

たった二行のコメントのやりとりが妙に引っかかり、コメントにある［3:14］までタイムバーを戻してみた。

配信者が足元にライトを向けた時、なにかが光の隅を横切った。確かに一見、虫のように見える。当該シーンを、スクリーンショットすると画像を拡大してみた。

ゴキブリ？

カミキリムシ？

どちらとも取れる。

だが私はどちらとも違う印象を抱いた。

これは、蟹ではないだろうか。

5

ここからはあくまで私の仮説だ。

S寺の境内で住職の孫が遊んでいた。

遊んでいる孫の前に、蟹が現れ、孫はそれを捕まえた。

物珍しい蟹を、孫は弄んだのではないか。そして、その挙句、蟹は死んだ。

その蟹は——家焼蟹だった。

そして、住職はそのことを知らなかった。いや、知っていたとしても、もうすでに手遅れだ。

Y寺院の住職ですら、ただ捕まえただけで殺していなくても『十日間火を使うな』と血相を変えたくらいだ。家焼蟹と火事はそれほど密接なのだろう。

願わくば、せめて火事で亡くなったのは住職の息子だけであってほしい。

Y寺院の住職と同じく、S寺の住職もまた、口を酸っぱくして孫や息子に『蟹を見つけても触るな』と言い聞かせていたはずだ。

しかし、子供の好奇心に勝るものはない。それを甘く見ていたわけではもちろんないだろうが、四六時中子供から目を離さないことは難しい。突然の来客やトラブルなどで、つかの間子供から目を離してしまうのは無理もないことだ。

殺すと家を焼く蟹……本当にそんな蟹がいるのだろうか。そして本当にその蟹のせいで、火事が起こったのだろうか。

私の頭の中で、勇太少年が持っていた虫かごの中の家焼蟹が静かに蠢いている。

ちなみにあの日見た記憶を頼りに調べたところ家焼蟹の正式な名前は、どうやらベンケイガニというらしい。

私がかつて見たものは赤いベンケイガニだったが、黒い個体もいるそうだ。脛に毛が生えていて、ごつごつとした甲羅が武蔵坊弁慶のいかつい顔のように見えることからその名が付いたという説がある。

Y寺院ではアカテガニと呼ばれ、実際にアカテガニは存在するのでS市で言い伝えられている家焼蟹とは別であるようだ。というより、Y寺院では『家焼蟹』とは呼んでいない。あとで怪談師のJが確認してくれたところによると、Y寺院ではアカテガニのことを『御坊を救った弁慶蟹』と呼んでいるという話だった。

命を懸けて御坊を救った蟹に感動して上人が弁慶蟹と名付けた。

そして後年、故郷S市に戻った上人が、御坊を救った蟹への感謝と敬意から『むやみに蟹を殺すな』という啓蒙の意を込め、家焼蟹と怖ろしい名を付けたのだろう。

Y寺院を救ったヒーローとして弁慶蟹、火事と殺生を防ぐための象徴としての家焼蟹。実にうまい使い分けだ。

だが気になるのは、殺すと本当に火事になるという点である。

これでは啓蒙ではなく、呪いではないか。それは上人の意図したところではない。

火事について住民がこじつけたのだと考えるのがもっとも説得力のある結論だ。

家焼蟹には、本当に家を焼く力はないのか。

結局のところ、真相は藪の中である。

櫛を拾ってはいけない

赤い紙を拾ってはいけないという台湾の都市伝説が一時期注目された。もしも拾ったら、強引に死者と結婚させせられてしまうのだという鳥肌ものの話だ。

これと似た話は日本にもある。櫛を拾うと厄も拾ってしまうというもの。なんでも魂は頭に宿ると考えられていたのだそうで、頭に使う櫛は持ち主の分身ともいえるものだった。

そういった意味をもつので櫛が使い物にならなくなっても捨てることはできず、神社に奉納する決まりがあったという。

だからこそ櫛を拾うということは持ち主の厄をも拾うということになるので、落ちている櫛は拾ってはいけないということになった。

また櫛はそのまま『苦死』とも読めるので、贈り物としても強く忌避されたという。

三
葬列

――ニュータウンにて――

1

心霊スポットや曰く付きの場所などで目撃される霊というのは、みんなが大体同じものを見る。

なぜならそこの曰くにちなんだ霊が出るからで、自殺した男の霊が出るビルなら頭が割れた男が目撃されるし、交通事故で死んだ女が有名な交差点では血まみれの女が目撃される。特に殺しや陰惨な事件があった物件は、より派手でヘビーな霊が目撃されがちだ。

今なら呪いの特典つき！　というところも珍しくないだろう。

誰もが簡単に知りたい情報を手に入れられる昨今では、オバケを目撃するのもそうむずかしくないことなのかもしれない。

ただ、私が知るとある場所——というか地域なのだが、そこはすこし毛色が違う。

とある町のとある区画でおかしなものの目撃例が頻出しているのだが、見た者がみんな違うものを口にするのだ。

あるものは女を見た。あるものは白装束の老人を見た。そして、あるものは黒服の子供を見た——などなど。

中には同じものを見たというものもいるようだが、やたらと目撃される割にはまとまりがない。それ以前に、その地域には特に曰くらしい曰くもないというのだ。

あまりにも多くの人が霊を目撃する、ということでその昔雑誌にも取り上げられたことがあるらしく、一時期は物見遊山目的の余所者がよく来たという。

だが不思議なことに、余所者が霊を目撃したという報告はひとつもなかった。

大衆というのは、総じて熱しやすく冷めやすいものだ。

見出しが派手だった割に、進展のない展開に飽き、その地域はすぐに忘れられていった。

私の元に寄せられたある怪談は、そんな地域に在住するひとりの……いや、ふたりの人物からのものだった。

2

A氏の話

F県の某市に住んでいるものです。

私が住んでいる町は▲▲町といって、十二年前に開発されたいわゆるニュータウンでして、広大な区画にコンセプトの似た新築住宅がマス目状に建ち並んでいます。

とても住みよく、山手なのでやや交通は不便ですがそこに目をつぶればお値打ちものの物件だと自負しています。実際、▲▲町の住民はほとんどの人がそのように思っているのではないでしょうか。

最近では生活環境がより充実してきており、飲食店やコンビニ、大型スーパーもあって都会に出る必要がないくらいです。とはいえ、しがないサラリーマンの通勤族でしかない私にとっては、ある程度我慢の上に成り立っているといっても過言ではないわけですが。

そんな我が町我が家の自慢話はここまでにしておいて、本題のお話です。

以前、妻が変な人を見たと言います。

私どもは共働きの夫婦ですので、妻はいつも仕事の帰りに買い物を済ませてきます。もちろん、▲▲町のスーパーを利用し、自転車で帰ってきます。

夫の私が言うのもなんですが、妻は根がずぼらなもので、こまめに買い足すことができず、必要なものが溜まってから買い物袋をパンパンにするような買い物の仕方をします。傍から見ているこちらがしかめっ面になるほど、不器用なんです。

その日もそんな不器用な買い物をして、フラフラと自転車を漕いでいました。冬でしたので、その頃にはもう日はとっぷりと暮れ、歩く人も少なかったと言います。

山手の田舎を切り開いて開発したニュータウンなので、住んでいる人は多くても夜になれば出歩く人は少ないのです。

それに立地が立地なので坂道も多く、それを見越して電動自転車を使っているのですが、負担が軽減されるというだけで体力を使うことは変わりません。

ヘトヘトになりながら、妻は我が家を目指していたのですがふと妙な異臭がすることに気が付きました。嗅いだことのない、独特の臭いだったそうですが、例えるなら魚を焦がしたような悪臭だったとのことです。

魚、という確証はありませんでしたがとりあえずなんらかの生き物を焼いた……いえ、焼き過ぎてしまったような焦げた臭いです。

思わず妻は「くさっ」と声を出しました。周りに誰もいないので特に気にしなかったのでしょう。私も帰り路を歌いながら歩くのが半ば日課になっていますので気持ちはよくわかります。

ですが、その時の妻はいつもと雰囲気が違うことに気が付きました。なにも異臭がするから、というわけではありません。人の気配がしたのです。

その時の妻は単純に、「くさっ」と声を出したところに人がいたのだと思い、気まずい空気を感じたそうです。

妻が思った通り、人がいました。

黒いスーツ姿の男の人だったのですが、妻が振り向くとうつむいていたそうです。うつむいたまま、両手でのぼりを持っていたと言います。

その姿に一瞬、妻は固まりましたがすぐに気を取り直し、ペダルを踏みこんで急いで帰ったそうです。曰く、すごく嫌な感じがしたのだと言いました。

私が家に帰ってからその時のことを話してくれたのですが、私に話している途中で男の黒スーツが喪服だったことに気づき、ぶるる、と震えて肩をすくめていました。今思えば、男の人が両手で握っていたのぼりも、ただののぼりじゃなかった気がする。よくは見なかったけれど、漢字がたくさん書いてあって、あれは経文だったのかもしれない、と。

私たちが住む▲▲町ですが、開発される前はなにもない土地でした。比喩でもなんでもなく、本当になんにもなかったのです。正確に言えば、伸び放題の雑草と朽ちた農具小屋。軽トラックの廃車が長年放置されていて、小さなため池がぽつんとあったそうです。

ですがそれだけ。

ニュータウンとして開発される前、この一帯だけ所有者と連絡が取れずに予定がずいぶん遅れたのだとある筋から聞いたことがあります。お墓だったとか、学校や病院だったとかそういうことはなく、ただずっと放置され続けていた土地だったんだそうです。

だから妻にはただ「変な人がいたね」と言ったきりです。幽霊や妖怪だなんてとんでもない。ただの変わった人。そうでなければなにかそうせざるを得ない理由があってそうしていたんだと言い聞かせました。

でもね、それは妻を安心させるために言ったんです。なぜなら私たちはこれから数十年という時間をここで過ごすのですから、不安要素は取り除いたほうがいいに決まっています。

ここだけの話、私も妻とまったく同じ体験をしたことがあるんです。内緒ですよ。

3

Bくんの話

すみません。友達には話したことあるんですけど、怪談作家の人に聞かせていいような内容なのかわからなくて。ちょっと詳しい場所までは言えないんですけど、F県の南にあるニュータウンにあるコンビニでバイトしてるんです。そこで働きだしてからなんか変なもの見るようになっちゃって。

そこのコンビニって家から自転車ですぐなんで、それがよくって選んだんです。あ、それと夜勤希望だったんで、そうなると大学の近くとかで働くと帰りがキツイじゃないですか。とにかく一番条件がそろってたっていうか。顔見知りが時々来るのがちょっと嫌なだけで。まあ、それもあって夜勤シフトにしてるんですけどね。

うちのコンビニ、ニュータウンにあるんで正直深夜の時間ってめっちゃ暇なんです。来るのってせいぜいヤンキーみたいなやつらとか、早起きなのか寝られないのかわからないおじいちゃんとかぐらいで。まぁ、たまに若いカップルや、なにやってるのか全然想像つかない人も来ることはあります。

夜勤の仕事の大きいところは陳列と廃棄のチェック、あとは朝方にくるパンとかおにぎりとかの搬入です。トラックが遅れたりした時はバタバタして結構大変なんですよね。で、トラックが来るのが大体朝の四時くらいで、それまでの二時間くらいがほとんどなんにもすることないんです。深夜シフトのバイトって、入る人がほぼ決まってるんで、いつも一緒の先輩がいるんですけど、二時から四時はいつも交代で寝たりしています。あ、内緒でお願いします。

でも寝るのとは別に先輩が絶対に事務所から出てこない時があるんです。

そういう時の先輩はなんか変で、声も上ずってるし、余裕ない感じでなんていうか気持ち悪いんです。まあ、お客もいない時間なんで別にそれはそれでいいんですけど、ただ単に変だなー、って思ってたくらいで。

けど、ある時、その理由がわかったんですよ。

「悪いけど、頼むわ」

先輩が〝そういう時〟っていつもそうやって事務所にこもるんです。いつものことだから「ハイハイ」って感じだったんですけど、その日は違いました。

なんだか変な臭いがしたんです。ええっと、家が焼けたような？　違うか、わからないけどなんか焦げたような臭いです。

珍しくお客がひとり、若い男の人がひとり雑誌を立ち読みしてたんですけど、その人も臭いに気付いたのか、僕と目が合ったんです。

正直、焦りました。どっか燃えてるのかもしれないって思って。

それで事務所にいる先輩に「なんか焦げたみたいな臭いするんですけど！」って訴えたんですけど、奥から思いもよらない答えが返ってきて……

「わかってる」

って言ったんです。わかってるなら、なんで出てこないんだ、ってこっちはちょっとしたパニックですよ。なにせ先輩はなにを言っても絶対に出てこないんですから。

仕方なく、僕はレジから出てどこからその臭いしているのか、原因を探しましたよ。立ち読みしてた男の人も「臭いよね」って言いながら、僕の様子を見てました。

とりあえず店の中には問題がなかったんで、バックヤードのほうを見ました。でもなにもなくて、むしろなんにもないのに焦げた臭いがしているほうが気持ち悪かったんです。ジュースとかチューハイとかを、陳列の裏から補充するんですけど、僕はそこに立ったまま、缶と缶の隙間から店の様子をボーっと見ていました。

なんも考えてなかったわけじゃなくて、この焦げた臭いの正体がわからないことについて不思議に思っていたんです。

すると隙間から見える店内を、誰かがすっと横切ったんですよね。

それで店内に男のお客がいたことを思い出して、無人のお店に客一人はさすがに危機管理どうなってんだってなるじゃないですか。

だから慌てて出たんですよ。すると男の人は雑誌コーナーでまだ雑誌を読んでいました。

あれ、さっき横切った人は？　って思って店内を見回しました。

すると視界の隅をまたなにかが横切ったんです。黒い人影に思いました。すぐに振り返りましたが、姿はなくって。ここまでくるとようやくちょっと怖くなってきたんですよ。

それでもう臭いのことなんていいや、と思ってレジに戻ろうとしたんです。そしたら。

お菓子の陳列に体が半分めり込んだ黒い着物姿の女の人がいました。

「うわあ！」

僕の声に驚いて飛んできたのは、先輩じゃなくお客でした。

そして、僕と同じように「うわあ！」と叫びました。

その女の人はうつむいていて顔はよく見えませんでしたが、たぶん中年くらいだと思いました。黒い着物……お葬式とかで着る喪服みたいな……っていうか喪服ですね。

それを着て、誰のかわからない位牌を大事そうに胸のあたりに持っていました。

その女の人、お菓子の陳列にめり込んでたんじゃなくて、透けてたっぽいんです。体が透けてるから、陳列棚に被っててても関係なかったみたいで。

お客は飛び出していきましたよ。僕もすぐ先輩がこもっている事務所のドアを叩きました。先輩はすぐに中に入れてくれて、顔面蒼白で汗びっしょりの僕にペットボトルの水を差しだしてくれました。

震える手で水をがぶ飲みする僕を見ながら、先輩は「な？」と言ったんです。

先輩、実はそういうのに敏感な体質らしくって、ああいうのが来そうな時がわかるって言うんですよ。もうその時点でオバケじゃん、って話なんですけど。

だから、そういう時だけほとぼりが冷めるまで事務所にこもるらしいんです。

「お前はそういうのに無頓着そうだから大丈夫かと思った」

って、ちょっと申し訳なさそうに言ってました。

先輩が言うには、コンビニができた時からずっとあれは出るらしいんです。見えたところで害はないけれど、先輩くらい敏感な人は見ただけで体調崩してしまうくらい、存在感が強いってことでした。

そりゃあ、僕があれだけはっきり見るくらいですからね。

バイトは今も続けています。今も出ますよ、あのオバケ。でも、見ないようにすれば大丈夫なんで。あの変な臭いがする時は出る時だってわかってるので、その時間はレジから出る仕事はしません。

すみません。こんな話で大丈夫ですかね？

4

その地域に住んでいる住民しか体験しないという▲▲町の怪異。

古くはウェンディゴの悪魔憑きのように余所者も関係なく体験する、というものもあるが、いわば風土病のようにその土地の人しか目撃しないというのは珍しい気がする。

大概の場合、その場所に因縁があって、近寄った人間に奇妙な体験をもたらす。映画『呪怨』のように、穢れに触れた（呪怨の場合は家に足を踏み入れたら）者を無差別に呪いまくる——というのは些か極端ながら、イメージはこれに近い。

その逆説とも言える▲▲町の怪異は、むしろ住民以外にはなんの害もないのである。

話を提供してくれたA氏もBくんも、同じ▲▲町の住民だがふたりとも口をそろえて「町の人はだいたいみんな同じ経験をしている」というのだ。

そこまで言われては足を運ばないわけにはいかない。話通りなら、私が霊を目撃することはまずなさそうだが、それだけたくさんの人が霊を目撃しているというのなら大きな収穫が見込めるかもしれない。そのような考えに至ってから、私の行動は速かった。

まず夫婦で同じ怪異に遭遇したA氏を頼り、その日のうちにBくんに会った。

他の住民にも話を聞きたいと頼んだところ、残念ながらA氏からは断られてしまった。要は近所関係を乱すようなことはしたくないということだ。しかし、Bくんのほうは期待できそうだった。

「僕、昔から▲▲町で住んでるんで、同級生とか幼馴染とか、友達が結構多いんです。僕と同じような経験したってやつもいるにはいますけど、どっちかっていうと大人の人のほうがいいんじゃないですか？　僕らより事情とか知ってそうだし」

という大人顔負けの気遣いで、Bくんの友達のその親につないでもらった。

その友達の親——話を聞いたのは母親のほうなのでCさんとしておく。彼女の話はこの後に紹介するとして、Bくんはさらに何人か紹介してくれた。

販売業をしていて、町内会の役員もしているD氏。Bくんが通っていた高校の先輩にあたるEさんとその友人Gさんである。

言うまでもないが全員が▲▲町の住民で、それぞれに怪異に遭遇している。

私はひとりずつ話を聞かせてもらうことができた。

5

Cさんの話

作家をされてる人とお会いするのははじめてです！

Bくんから聞きましたけど、▲▲町の幽霊を調べていらっしゃるんですね。

ええ、私も変なものを見ました。

私が見たのは遺影を持った子供なんですけど、Bくんの話と見たものが違うでしょう。

そうなんです。▲▲町ではやたらとオバケが出るんですけど、みんな見るのがバラバラで。Bくんは位牌を持ったおばあちゃんだって言っていましたね。

うちの娘と同級生なので、彼の人となりはよく知っていますけれど、嘘を吐くような子じゃありませんよ。私が保証します！

あ、私の話でしたよね。

娘が大学でバレーをしているのですが、その日は大会に向けての強化合宿で隣県に行くことになっていました。私は娘と、同じチームの友達を乗せて待ち合わせに指定された駅まで送っていったんです。

駅からはバスで向かうということなのですけど、駅までが結構離れていまして、私が▲▲町に帰ってくる頃にはすっかりいい時間になっていました。

慣れていない人にはわかりづらいのですが、そこのベージュの壁紙の家から右にぐるりと囲んだところが五丁目で、ポストを右側に四つ辻になっているんです。いわゆるベッドタウンですので、暗くなると早い時間でも人通りはほぼないんです。

道筋的に私はその四つ辻を通らなければいけないのですが、そこに黒いワンピースを着た十歳くらいの女の子が遺影を持って立ってるんです。

顔は見えませんでした。うつむいていたので。

焦げた臭い？

ええ、しました！　どうして知って……Bくんもそうなんですか。他の方も？

なるほど……焦げた臭いがオバケが現れる前兆なんですね。

全身真っ黒で遺影を抱いているものですから、葬列の前にいる親族っていう印象でした。

遺影に写っていた人まではちょっとわかりません。

暗かったのと、車で通っただけなので……。

Bくん、まだあのコンビニでアルバイトしているんですね。今度、買いものに行ってみます。

6

D氏

こんにちは。

この件で人が来るのは久しいね。いや、一時期は余所の人がちょくちょく来て、町内ですこし問題になっていたことがあるんです。

▲▲町に移り住んできた人たちはみんな、ある程度のプライバシーが守られることが利点だと思っているもんだから。ま、そのぶん交通の不便は目をつぶっているけどね。

それなのに、あんな取り上げられ方をしたものだから知らない人がうろうろするようになっちゃってさ。ここらは車の通りも少ないから子供たちはのびのびと走り回っているんだけど、そこを話しかけたりして子供を怖がらせたり、家も外からあちこち撮影されるしね、みんなとても嫌がっていたんです。

まあ、それも一過性のものだったから、すぐに誰もこなくなったがね。だから、おたくさんはラッキーだ。たまに来る人にまで目尻を吊り上げないから。

私が見たものかね。

つまらないものだよ。

五丁目を山手に上った先が私の家なんだけどね、そのあたりでこうやってお膳を持ってうつむいて立っている髪を結った喪服の女性が立っていたんだよ。朝方のことでおったまげてねえ。

いや、特別早起きな質じゃないんです。なんだかひどい臭いで目が覚めて、外の様子を見ようと思って表に出たんですよ。

朝方って言っても寒い季節だから、まだ真っ暗なんだ。

その臭いというのが、魚を焦がした感じの厭な臭いでねえ。これもあとで思い起こしてみれば魚だったな、とわかっただけでその時は「なにかが燃えている！」と焦ったね。ありゃあただの魚ではないね。サンマやブリのそれじゃない。

喪服の女性が持っていたお膳の上には箸を縦に真っすぐ突き刺したごはんのお椀と、お神酒を入れるような盃があったね。

「どうしたんですかこんな時間に。具合が悪いんですか」

奇妙な感じだったけど、そりゃあ話しかけるさ。だけど返事はない。代わりに肩だけがこう、左右にゆら～と揺れただけだった。

ありゃあ幽霊だってすぐにわかったね。おっかなくなってすぐに家に戻ったさ。

それで町内会の会合の時に、人に話したんだ。

すると、いや喪服だった白装束だった、と目撃談が出るわ出るわ。

ああ、もちろんこれは▲▲町が幽霊で有名になる前の話ね。

おたくさん、怪談作家さんだっけ？

ならもう見当ついてるだろ。これはあれだよ、私のじい様のころには普通のことだったみたいだけどねえ。そう、それだよ。

7

EさんとGさんの話

私たちが見た話していいんですか？
そうなんですよ〜。Gちゃんと一緒に見たんだよねー。
でも結構前だよね？

そうそう。高校一年の時だから……六年前？
びっくりしたよねー。あ、学校帰りだったんです。
私たち文芸部だったんですけど、飽きてすぐに辞めちゃって。

辞めたっていうか、行かなくなっただけだよね。
でも、Gちゃんと会ったのは文芸部だったから、得るものはあったよね〜みたいな。
部活サボってたのは、最初はお母さんに言ってなかったんで、学校終わったら暗くなるまで毎日Gちゃんと遊んでたんです。
▲▲町に住んでる人ってやっぱり行く学校が大体似通ってるんです。
言っても、ほらこの町ってまああ広いじゃないですか。同じ町内でも私はEちゃんのこと全然知らなくて。帰り道も一緒じゃん、ってなったらそりゃ毎日遊びますよね。

めっちゃ正当化する～。
それで、その時も暗くなってからふたりで帰ってきたんです。ふたりとも自転車なんで、横に並んで坂道を漕いでたら……

あそこのコンビニから▲▲町に入る筋わかります？
あそこからずぅ～っと上っていくと五丁目に行くんですけど、私は二丁目なんで途中で曲がるんです。でもその日はやけに話が盛り上がっちゃって、まだEちゃんと話してたいな～って思って、わざわざ遠回りしたんです。

遠回りっていうか完全に無駄道だったよね。

私は五丁目だから、そのままふたりで五丁目の四つ辻までってことで喋りながら坂を登っていました。

その四つ辻に行くまでの道でいたんだよね。

うん。すんごい目立ってて、なにごとかと思ったよね。

黒スーツの喪服姿の男の人がふたり、白い布にくるまれた冷蔵庫みたいなのを後ろと前で担いでたんです。

最初、私たちは普通に横切ったんですけど、気になってふたりで振り返ってもう一回見たんです。

それでわかったんですけど、その二人組、冷蔵庫を運んでるんじゃなくて立ち止まってるんです。二人ともうつむいたまま。一体なにしてるんだろ〜って、つい見入っちゃって。

大きい冷蔵庫をふたりで運んでいるんだな〜、って思ったんですけど、どうして人力なんだろうって不思議に思って。それでGちゃんと一緒に見てたんですけど……、変だなって気が付いて。

そしたら、急にめっちゃ臭いにおいがしてきて。おえっ、ってなったよね。

そうなんです！　生臭いというかでも焦げ臭いっていうか。とにかく「くっさぁ〜」って。それで私もGちゃんも気持ち悪くなって、急いで家に帰ったんです。

あとからその時のこと二人で話したんですけど、あれって冷蔵庫じゃなくて棺桶だったんじゃないの？　って話になって。怖くなって全身血の気が引きました。

だって喪服だったたし、そういうことですよね？

8

ちなみに他の住民の方にも話を聞かせてもらったが、どの人も大体同じような内容だった。

時間と場所、シチュエーションこそ違えど、みんな『魚の焦げたような悪臭』がした後で、『喪服もしくは白装束の何者か』を見ていて、そしてそれらは必ず『うつむいたままだった』という。

町内会の役員だというD氏が私に問うた通り、これはおそらく『野辺送り』である。のちにD氏が厚意で調べてくれたことによると、かなり昔に▲▲町には村があったそうだ。しかし、若者が町に働きに出るようになり急速に過疎化が進んだ。

昭和の初期には限界集落化していたというから、当時としては珍しい。

おそらく、若者の離脱だけが原因ではなくほかにもなんらかの要因があったのではないかと推測するが、今となっては真相まではわからなかった。

村だった時代に行われていた葬送儀式である野辺送りが、残留思念的にこの地に焼き付いているのだろうか。だが自分でそのように考察しておきながら、あまりピンとこない。

野辺送りというものは、土葬の村や集落などに見られる葬列だ。喪服であったり、白装束であったり、先松明《さきだいまつ》や水持ち、善綱など、地域や風習によって細かな違いがある。

葬式の後、埋葬する墓地までぞろぞろと列を作って歩く野辺送りは、火葬中心の現代人には馴染みが薄いが、ひと昔前ではむしろこれが当たり前だった。

ここが村であり、墓地であったというのなら、多かれ少なかれ人骨が出たと思うがそういった記事は見つからなかった。

さらに疑問を挙げるなら、なぜ野辺送りの状態の霊が目撃されるのだろうか。亡くなった故人が化けて出るのは納得できるが、野辺送りの葬列者はみんな『死者を送る生者』である。しかも、列を作らずバラバラで、目撃された位置に留まっている。みんな一様に俯いているというのも、頭を抱える問題だ。

▲▲町の一画を所有していた地主がなかなか土地を手放さなかったというが、やはりその昔この地に存在していたという村が関係するのだろうか。

とにかく、▲▲町の地に昔あったという村のことを調べるため、図書館を訪れた。

そこで新聞や古い地図などで調べてみたが、驚いたことに村が存在したという記述は一切存在しない。当然、墓地があったということも記されていなかった。

そのことをD氏に問うてみたが、彼もまた『噂話として残っているだけだからわからない』という回答が返ってきた。

村があったという話は一体どこから来たのだろうか。まったくの無根拠に、そんな噂が出るものだろうか。根拠たりえるものがあるとするならば、やはりこの町の怪異騒ぎだろう。

住民が頻繁に葬列者の霊を見るということから、誰かがとってつけたように『その昔村があったのだ』と流布したに違いない。

違いない――が、だ。

実際にそれらの霊が目撃されていることは確かだし、目撃者の話を整理するとBくんが勤めるコンビニから五丁目の四つ辻を真っすぐ突き当りまでの坂道に目撃例が集中している。

野辺送りの葬列がこの道を通っていたという想像は容易だ。

それぞれ、なんらかの理由で列をはぐれてしまい、その場に留まっているという状況なのだろうか。

取材から数か月後、電話にてD氏と話をした。

『私が思うに、列からはぐれたというより、行き先を見失ったのではないかな。夜の葬列などは先頭に先松明という役割があった。たくさん▲▲町では目撃例があるけれど、野辺送りの葬列だとすれば、先松明らしき霊の目撃例はない。村も集落もなかった、というのは私も衝撃だったが、すくなくともこの坂の上には古寺があった。すでに廃寺になっていたから、誰も気にしていなかったのだろうと思いますがね。案外、それが原因だったのかもしれないね。今は公園になっていますよ』

Eさんとさんが見たあの棺桶には、一体誰が入っていたのだろう。そして、あの葬列は最初から死者だったのかもしれない。だとすれば、死者が送る死者とは一体どんなものだったのだろうか。

怪談にスッキリする結末を期待するのは野暮だが、実にスッキリしない話である。

追記

はっきりしないことといえばもうひとつある。

『魚が焦げたような悪臭』についてである。葬列者が目撃される際には必ずこの悪臭がついて回る。思うに、悪臭と葬列者の出現はセットなのだろう。

そして、結局のところ『魚が焦げたような悪臭』とはなんだったのだろうか。

これについても明確な解があるわけではなく、私の憶測の範疇を出ないが、『鰶《このしろ》を焦がした臭い』ではないだろうか。

確証はないが、一説によると鰶を焼いた臭いは、人間を焼いた臭いと似ていると言われる。つまり、『魚が焦げたような』ではなくそのまま『人を焼いた臭い』なのかもしれない。

しかし、そうなると土葬文化とイコールである野辺送りの存在が疑問になってしまう。

そう思っていくつか文献を読んでみたところ、火葬でも野辺送りをする地域があるそうだ。ややこじつけっぽくなるが、それならばギリギリ説明がつく。

それにしても、鰶の臭いとは一体どんな悪臭なのだろう。興味は尽きない。

四

シジミを拾いに

――その話、私の怪談ですよね――

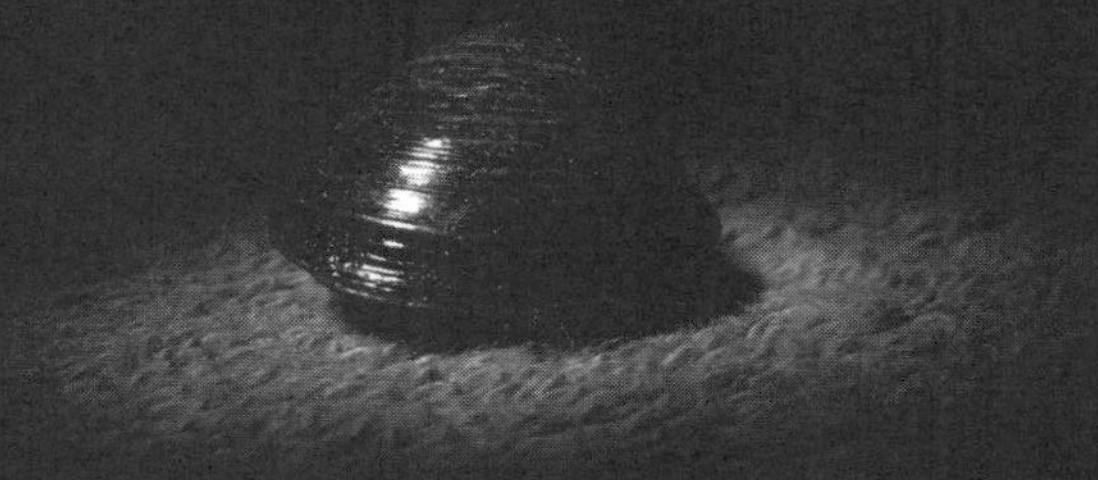

1

はじめまして。

突然のＤＭ（ダイレクトメッセージ）、失礼いたします。

ご著書楽しく読ませていただいております。

この度、メッセージをお送りしたのは、確かめたい事柄がありまして、それについてご回答いただきたいと思ったからです。

先日、投稿された記事について。

先生は１月９日に、『ただいま原稿中。Ａ県での取材で収穫を得た怪談について書いています。お楽しみに』という投稿をされました。

率直に伺いますが、これは私のことでしょうか。

私は現在Ａ県に住んでいますし、怪談もスペース（某ＳＮＳの音声配信機能のこと）で喋ったことがありますし、それを聞かれたのでしょうか。

私の怪談を先生のご著書の末席に加えていただけることは誠に光栄に思いますが、

執筆される前に問い合わせてほしかったです。

もちろん、先生のご著書に掲載されることが嫌だとか、そういうことではありません。

ただ、人として社会人として、先にことわっておくのが筋ではないでしょうか。

ご多忙の身かと思いますが、一般人である私には関係のないことです。

あの怪談の著作権は私にあります。

このメッセージを読まれましたら、一度お返事をいただきたく存じます。

2018 年 1 月 12 日

2

こんにちは。

昨日のメッセージですが、考えていただけたでしょうか。

もう書いてしまっているということなので、今さら許可を取るのが億劫なのはわかります。

しかしながら、あの怪談は私のものなのでせめてそこはクリアにしていただきたいです。

ご承知の通り、子供が出てくる話です。

この話は私の体験談なので、●●先生や■■さん（共に怪談師兼怪談作家）も知らない話です。

どこで先生が私の話を知ったのかは存じませんが、誠意ある対応をお願いいたします。

今はまだアマチュアですが、いずれは本を出したいと思っています。

Ｗｅｂ小説投稿サイトにもアカウントを作りました。あとは書いて、アップするのみです。

怪談作家の中には、霊感や超能力といった特殊な力を持っておられる方もいらっしゃるかと思います。

先生もおそらくそれにあたる人なので、私の頭の中を読んだのでしょう。

しかし、私は尊敬こそすれど怒ったりはしません。ただ、認めてほしいのです。

『この話は▼▼（メッセージ主）のものだ』と、あとがきに書いてください。

それが難しければ、出版社のＨＰか先生のＳＮＳ上でも結構です。

あの雨の話はとても不思議な話でした。

それだけに、私にとっては特別な話です。

そういえば昨晩、ロールキャベツを作ったのですがとても美味しくできました。

誰かに食べてもらいたいので今度先生のお宅にお送りいたします。

つきましては、送り先のご住所など教えていただけますでしょうか。

雷が鳴っています。

2018年1月13日

3

ごきげんいかがでしょうか。

先生のＳＮＳ、いつも楽しく拝見しています。

お送りしましたロールキャベツが戻ってまいりました。

住所が違うとのことで、首を傾げております。仕方がないので水槽に浸しています。

ところで私の怪談ですが、どのように仕上がりましたでしょうか。

よければ読んでみたいので、xxxxxxxx.co.jp までファイルを送っていただけませんか。

プロの作家さんの、市場に出る前の原稿なんて読む機会がないのでとても楽しみです。

私が体験した、同様の話がプロの先生の筆致でどのように表現されているのか、考えるだけで眠れません。

枕の中に埋めた母子手帳のおかげで、今朝も最高の目覚めでした。

いささか話は脱線しますが、先日テレビを見ていますと裸の男性が下品な踊りに興じておりました。

会場からは笑いが起こっていましたが、私にはなにが面白いのか理解できません。

殿方の裸を地上波の電波に乗せるなんて、良識を疑います。

xxxxxxxx.co.jp です。絶対に送ってきてください。

つかぬことを伺いますが、先生は結婚なさっていますか？

私は先生のことを独身だと思っていますが、もしも違ったら申し訳ありません。

当然なのですが、やましいことを考えているわけではないのです。

実は、私は占いを生業にしていまして、○○や□□さん（大物政治家や芸能人の名前）を視たこともあるんです。

人は運命には逆らえないということを、私はよく知っています。

先生のことも占ってあげました。

結果は今度お会いした時にお話しますね。

2018 年 1 月 16 日

4

先生のご著書を購入しました。

中古本でお得に手に入れることができて、とてもうれしいです。

他にも先生のご著書は面白そうなものが多いですね。

ひとまず購入したものから読んで、また中古本で購入したいと思います。

たまにインターネットなどで本の感想をあげている人の中に、『図書館で借りたけれど～』と書いている人がいますが、非常識ですし無神経です。

その点、私はしっかり自分のお金を出して中古本で購入しました。

先生の売り上げに貢献しているわけです。

しかし、安心してください。

私の怪談が載った本が発売された暁には、新品を扱う本屋さんで買いたいと思っています。

気になっていたことを伺いますが、先生は占いにはご興味がありませんか。

先日のメッセージのあとも、先生は返事をくださいませんでした。

ああは書きましたけれど、先生から結果を聞かれたらお答えしようと思っていたんですよ。気になりますか？

では特別にお教えします。

先生にとって今年の運勢は上昇傾向です。積極的に活動すればきっといい成果が出ます。

あと、健康には気を付けてください。特に足、それに手、腰にも注意が必要です。

風邪をひきやすいので温かくしてくださいね。春は花が咲きますので、それまでは冬です。

食べ物ですが、嫌いな食べ物もがんばって食べましょう。

どうですか？

私が著名な人物の占いを秘密裏に請け負っている、という話に真実味が帯びてきたのではないかと思います。

xxxxxxxx.co.jp です。先生はそそっかしいところがありますので、お忘れのようなので。

私の怪談……シジミを拾いに行くという話ですが、是非先生のご感想をお聞きしたいです。あれは地方の隠喩だと私は考えますが、先生はいかがでしょうか。

電話番号は 090-XXXX-XXXX です。

いつでもかけてきてくださいね。

2018 年 1 月 17 日

5

こんばんは。

今日は雨が降っていますね。こんな日は、いやなことを思い出してしまいそうになります。

以前も雨の日に子供が帰ってきたことがありました。

先生に提供した話にもあったかと思いますが、『雨の日に帰ってきた子供は中に入れてはいけない』という言い伝えがあります。

占いなどを生業としている身ですので、迷信や言い伝えの類は必要以上に信じてしまう性格なので、「お母さん、お母さん」と泣く子供の声に耳を塞ぎながら必死で耐えました。

なぜなら、あの子はシジミを拾いに行ったのです。帰ってくるわけがありません。

先生は耳フタギ餅をご存じでしょうか。

死人の声を聞かないよう、耳を塞ぐための餅です。

ご存じの通り、私は頻繁にこの世ならざる者の声を聞きますので、餅は常に常備してあります。

ああ、そうでした。

自分からこんなことを訊ねるのは不躾かと存じますが……ロールキャベツのお味はいかがでしたでしょうか。

自分では自信があるほうですが、人に食べてもらうのははじめてですので、味覚がズレていたらと不安でなりません。

今日は一日オフにしておりましたので、ずっと留守番電話を確認しておりました。

機械の不調なのか、それともメーカーの不具合なのかわかりませんが、一件も録音が入っていませんでした。

先生のお言葉に、この場を借りてお返ししようと思っていたのですが、申し訳ありません。もうしばらくお待ちいただけると嬉しいです。

外は雨が降っています。こんな日は、いやなことを思い出しますね。

電話番号 090-XXXX-XXXX

メールアドレス xxxxxxxx.co.jp

2018 年 1 月 17 日

6

父が他界しました。

急なことで動揺しております。たったひとりの家族でしたので、とても苦しいです。

母は七年前に父と一緒に他界しておりますので、私はひとりになってしまいました。

これからずっと孤独なのだと思うと、胸が張り裂けそうになります。

先生はまだご結婚されていませんでしたよね？

私など、先生のお目にも入らない取るに足らない存在ではありますが、勝手に期待するくらいは許していただけるでしょうか。
先生のことを占ってみました。今年の運勢は残念ながら下降気味のようです。
しかし、一緒にいる人間によって上向きに変わる傾向にあります。
もしよろしければ、私のほうから電話を差し上げますので、
先生のお電話番号を教えていただけますか。もちろん誰にも口外いたしません。
母にも父にも絶対に言いません。誰にも聞かれないように外に出て話しますし、
話し終えたら履歴も消しておきます。
先生、私の怪談、怖かったですか。どこが怖かったですか。
てるてる坊主のくだりでしょうか。
電話番号 090-XXXX-XXXX
2018年 1月 18日

7

先生はとてもお優しい方ですね。
私だけがそのことを知っています。

先生は私のことを思って、あの怪談を自分のものとして世に出そうとしてくれているのだと思います。

ホオズキが有名ですが、ツワブキの話はあまり聞きません。

そういう意味でも私が提供した『コオロシグサ』の話は貴重かと存じます。

男の子は広島に綿を買いに行き、女の子は野原に花摘みに行きました。そういったお話です。先生は子供がお好きなんですね。

私と先生はとても似ていると思いますが、唯一、子供に関しては意見が真逆です。

私は子供が嫌いです。憎いとすら思います。

他人の子も身内の子も、みんなみんな嫌いです。

一番、苦しくて酷い方法で、子供なんてみんな死ねばいいと思います。

だけど、そういうわけにはいかないので、私は我慢をするのでした。

先生、占い師は自分のことを占えないといいますが、本当でしょうか。

私は先日、試しにやってみました。結果が気になりますか？

いいえ、きっと先生は私のことなど気にも留めないでしょう。

だから先生、私のお話をしっかりと本にしたためてくださいませ。

そうしていただけるだけで、父も浮かばれます。

母も感謝して鍋一杯の泥で金を生んでくれるはずです。

先生は優しいです。先生は優しいのです。先生は優しい。優しい先生。

先生が優しい。先生だから優しい。先生、私は今、真理の一歩手前にいます。

この世から私が消えてしまう前に、どうか返信をいただけると幸いです。

2018年1月19日

8

先生がご病気で床に臥せっていると知りました。

なんのご病気でしょうか。先生が苦しい思いをしていると、
考えただけで身を裂かれる思いです。おいしい生の魚を出してくれるお店を紹介します。

先生にだけ、私の秘密をお教えします。

××先生、△○さん、□◆さん、×▲（有名な怪談作家や怪談師の名前。最後の女性怪談師×▲だけはなぜか敬称なし）が動画の配信で喋っている怪談も、すべて私が提供した話です。

いえ、提供とは言えませんね。どなたもみんな、勝手に私の話を喋っているのですから。

先生だけはそんなことはしません。

私は知っていますし、占い師の方がそのようにおっしゃっていました。

私は普段、占いは信じません。なぜなら占いとはでっちあげですし、でたらめです。

人を不安に陥れてお金を稼ぐ、もっとも下劣な仕事です。

先生は占いなど信じないでしょう。先生はとても利口ですし、聡明です。

それだけ賢しい先生が、死んだ子供に墨で印をつける私の話を気に入ってくれるなんて、
夢を見ているようです。

きっと夢なのでしょう。こんなに素敵なことが現実であるなんて、
そんな幸福なことなどあっていいわけがないのです。

それに夢占いという占いもあります。とても当たるんですよ。

2018年1月20日

9

〈すでに退会されたユーザーです〉

2018年1月22日

10

〈すでに退会されたユーザーです〉

2018年2月11日

11

〈すでに退会されたユーザーです〉

2018年5月14日

12

これは二〇一八年はじめに私のＳＮＳに送られてきたＤＭである。

最初の何通かは送られてきたことに気付かなかったが、数日してその量に思わず閉口した。

なんと言うか、ひどく独りよがりで支離滅裂な内容だったので、反応せずに無視を決め込むことにしたのだが、放っている間に勝手に自己完結してしまったようだ。

『本に書いていた話、私の話ですよね』と主張してくる人間がいるとは聞いていたが、まさか自分のところにも来るとは考えてもいなかった。

ことわっておくが、この人物が主張している〝私の話〟というものに身に覚えはない。

というより、この人物が『提供した』といっている話だが、毎回毎回内容が変わっている。

わざとなのか、無意識のことなのか、私には知る由もないが迷惑極まりないＤＭなのである。

と同時に気味が悪いし、怖気が立つ体験でもあった。

一週間ほどの短期間に電光石火のごとく一方的にＤＭを送り付けては勝手に退会したこ

の人物は一体何者だったのだろうか。

〈すでに退会されたユーザーです〉というメッセージを見返しながら、私は考えた。

ヒステリックに喚き散らす女性の姿が目に浮かぶが、それは単に私の偏見が生んだイメージである。実物は案外、ごく普通の人物だったりするものだ。

とにかく、こちらがなんの反応もすることなく終ったのでよかった。

そう思いながら、〈すでに退会されたユーザーです〉というメッセージを見ているとふと違和感を覚えた。

次の瞬間、思わずぞっとした。

〈すでに退会されたユーザーです〉というこのメッセージは、てっきり『メッセージを書き込んだ後に退会したので表示されなくなった』のだと誤解していた。

そんなわけはないのだ。

もしもそうであるのならば、この人物からのＤＭが全て〈すでに退会されたユーザーです〉になっていなければおかしい。

つまり、〈すでに退会されたユーザーです〉というこのメッセージ自体、この人物が書いたものだということだ。

送信された日時から、私からの反応を気にして時々同じメッセージを書き込みに来ている。おそらく、私が無視していることを向こうもわかっていたのだろう。

頭のおかしい人間の仕業だと高を括っていたがとんでもない。この人物は正気だ。実に冷静で、用心深い。

嫌な予感がした。これがただのメッセージなら、このアカウントは退会などしていない。おそるおそる私はアカウントのアイコンをクリックした。

〈すでに退会されたユーザーです〉

という名前のアカウントだった。投稿はゼロ。フォローしているのは私だけ。アイコンは初期設定のブランクのままだった。

ずっと寒気がしている。得体の知れなさに怖気が止まらなかった。

そのアカウントをブロックし、もう二度とメッセージが来ないことを願った。

それから今日まで、同様のＤＭは来ていない。あのアカウントは今もあるのだろうか。不気味過ぎて、確かめる気も起きない。

追記

追記、というか補足になるが、一見して本著にこのＤＭの話は相応しくないように思える。

だが、よくよく読み返してみると、この人物が『自分の話だ』と主張する怪談はどれも子供に関するものだった。毎回、怪談のタイトルが変わるのでこれらが別々の話なのか、ひとつの話を毎度表現を変えているだけなのか判然としないが、ただこれら断片的な情報からでもわかることがある。

例えば、『シジミを拾いに行く』だったり、『広島に綿を買いに行く』、『野原に花を摘みに行く』などはすべて、その昔貧しい集落や村などで子供を口減らしに間引いた暗喩として使われた表現である。

さらに『雨の日に帰ってきた子供を家に入れてはいけない』というのは、死んだ子供のある家での言い伝えだし、『死んだ子供に墨で印をつける』のも死んだ子供が生まれ変わった際にその子だとわかるようにする、という風習だ。

それぞれ伝えられている地方がバラバラだが、『子供に関しての習わし』という点においては一貫している。

DMを送り付けてきた人物の、支離滅裂なメッセージには辟易したが、ただこの一点のみに関してはまとまっている。これはなにを意味するのだろうか。

今になって、この人物が『提供した』と思い込んでいる怪談の内容が気になりはじめている。だが一方で、知らないほうがいいと訴える自分もいるのも確かだ。

そして、なによりも……あの人物にかかわるのが嫌だ。

五

歯が抜ける夢を見ると家族が死ぬ

——伝染夢——

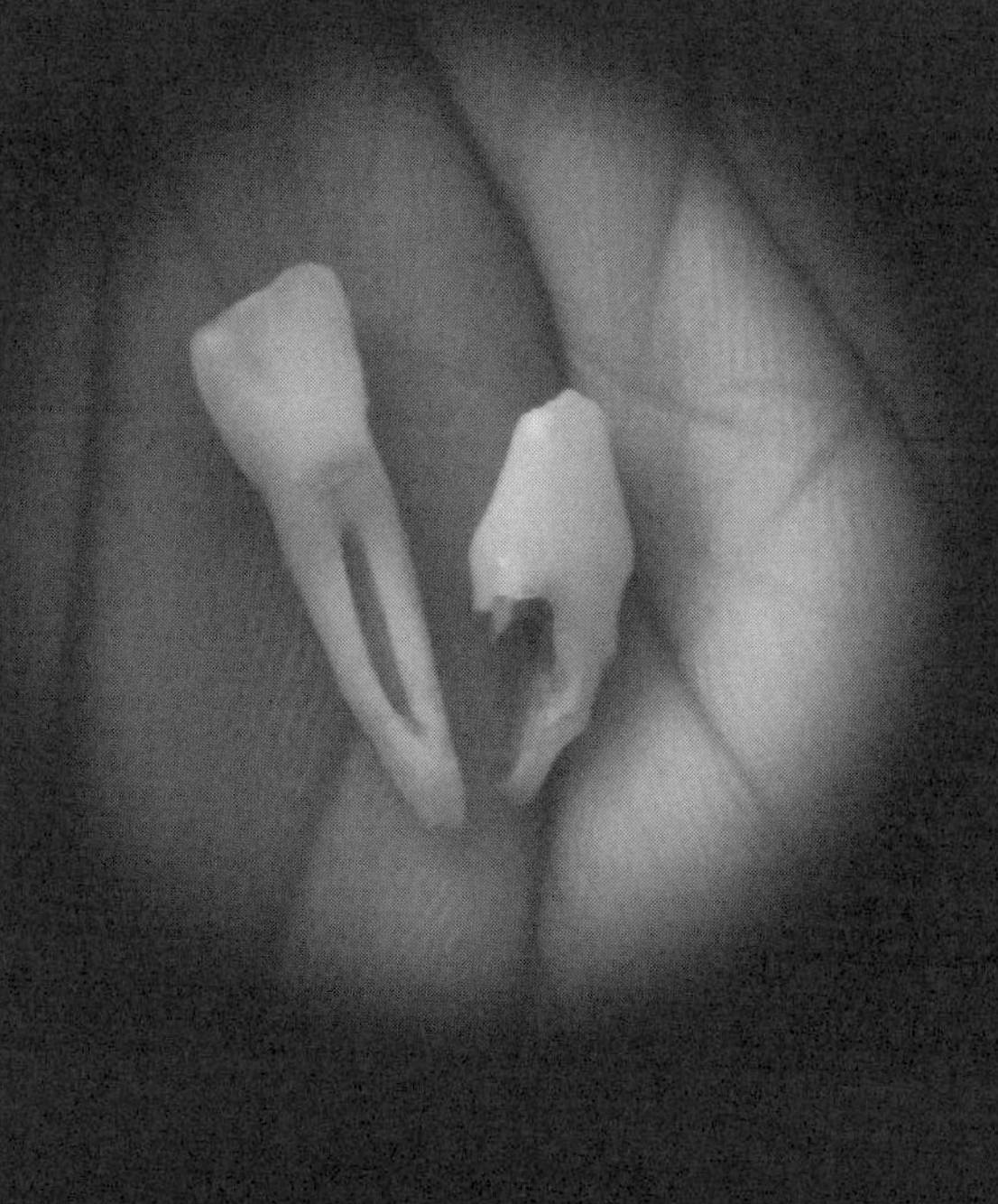

1

「もうすぐ家族が死ぬんです」

青い顔でそのように告白したのはRさんだ。

しかも、そのRさんという人は、私に告白したのではなく、カメラの後ろにいる作家のN氏なのである。つまり、私はN氏が撮影した動画を見ていた。

「ここのところ、毎晩『歯の夢』を見るんです。歯の夢を見るのは、家族が死ぬ前兆なので……」

よくわからないことを言っているが、N氏の解説によれば『歯の夢を見ると家族が死ぬ』という謂れがあるらしい。

動画のRさんは深刻な面持ちで、冗談を言っているようには見えない。本気で近いうちに家族が死ぬのだと信じ込んでいるのだろう。

N氏は話をもっと引き出そうと、いくつかの質問を投げかけた。しかし、Rさんの返答は答えになっているようでなっていない。ただ曖昧な返事を繰り返すだけだ。あくまで自分のペースで自分のしたい話をする、というのが態度に表れている。

思い詰めた表情と相まって、非常に神経質そうな人格が全身から滲み出ていた。

「具体的にどんな夢を見るのですか」

N氏が問いかけると、深いクマのまなざしを正面に向けた。

「歯がね……抜けるんですよ。それが痛くて、血もたくさん出るんです」

具体的に、という問いに対しえらく抽象的な返事が返ってきた。

その後もN氏は辛抱強く話を聞きだそうと粘り、とりとめのないRさんの話はようやく輪郭を結びはじめた。

「気が付くと私は自分の部屋で夜、爪を切っているんです。ぱちん、ぱちん、とやけに小気味のいい音がしていました。両手の爪をすべて切り終わったあとで、ふと夜爪だったことを思い出し、私は慌てました。

夜、爪を切ってはいけないということはわかっていますが、現実の私はそこまで大事とは思っていません。それは些細な事です。でも夢の中の私はおおいに慌てふためき、動揺してしまいます。

その時、人の気配がして窓を見ると真っ暗な中にぽつんと人が立っているのが見えました。その人影をよく見ると、お釈迦様で、でもなぜかスーツ姿をしています。そして目が真っ黒なんです。私はその目が節穴だと気づきました。目がなく、ただ穴ぼこなのです。

怖ろしくなった私は部屋から逃れようとするのですが、ドアが開きません。押しても引いてもびくともしないのです。私は母親の名を叫びながら、力任せに何度も何度もドアを拳で打ちました。

すると人の顔をした蜘蛛が、ドアの隙間からぞぞぞと大量に現れ、私の手に移ってこようとします。半狂乱でそれを振り払うと、私は素足で蜘蛛を踏み殺しました。何匹も何匹も、床がぬるぬるになってもまだ私は蜘蛛を踏みつぶしました。

やがて正気を取り戻し、振り返ると私のすぐ後ろに目のないお釈迦様が立っていました。穴ぼこの目から、油のような、どろどろとした茶色い液体を溢れさせ、口元を耳のあたりまで吊り上げ、笑っています。

それを見て、あまりの恐怖に声も出せず、立ちすくんでしまいました。

その時、奥歯に痛みを感じて指を突っ込むと右の奥歯がすんなりと抜けました。驚いていると、今度は前歯が抜け、逆側の奥歯が抜けました。そして、歯が抜けたはぐきから大量の血が溢れ、私は口からダラダラと垂らしました。

気づくと、私は笑っていました。笑いながら、両手を思いきり口に突っ込んで、顎が外れそうになりながら強引に自分の歯を引き抜いていくのです。

手と顔を血まみれにしながら、最後の歯を抜いた時、その手に爪がないことに気づきました。夜爪をした両手の爪がすべて剥がれていたのです。

その時、甲高い、ノイズの混じったような不快な高笑いが聞こえました。まるで耳元で笑われているみたいに、鼓膜がビリビリと震えるほどの笑い声です。

咄嗟にお釈迦様だと思いました。ですが、部屋の中から忽然と姿を消し、どこにもいません。そうして血まみれのまま、キョロキョロしているところに、機械の音声のような、抑揚も個性もない、独特の声がしてきました。

『歯が抜けたね。全部抜けたね。かわいそうに。君の家族はみんな死ぬ』

声はそう言って、消えていきました。

私は悲しくて、痛くて、泣きながら床を見下ろすと、散らばった歯がくるくると回っているんです。私を見て笑うように、くるくるくるくると。それを思い出すだけで、私は頭がおかしくなりそうになります。

この夢をほとんど毎晩見ます。信じてくれないでしょうが、私の家族はもうすぐ死ぬかもしれません」

2

N氏はこの業界には珍しく、怪談蒐集を引退した人だ。

界隈が界隈だけに、何らかの怪異が彼の身を襲ったのかとみんな邪推した。が、本人は特に理由はないという。当然、そんな話は信じられないと、こぞって彼の知り合いたちは理由を問い詰めたものの、N氏は主張を曲げなかった。

私としても知り合ったころN氏は作家業のみならず、怪談語りなども積極的に行い、暇さえあれば怪談蒐集や心霊スポットを訪れたりする、筋金入りの怪談オタクだった。

どんな理由があったにせよ、N氏が引退するのは非常に寂しい。

そのN氏が引退してから一年ほど経ったある日、本人からこんなメッセージがきた。

「頼みたいことがある。きてほしい」

元々彼と私は親しい間柄なので、メッセージの類も普段から淡泊だ。そこが彼と付き合いやすい理由でもあるのだが。

詳しい話を聞くのに、電話はどうかと思い、後日N氏の元に直接伺うことにした。

都内のマンションに赴き、N氏の部屋を訪ねるとドアの前でスマホが震えた。確認するとN氏から『開いているから入ってくれ』とのメッセージ。

どうしてわざわざメッセージなのか、首を傾げながら部屋に入った。

N氏は床に臥せっていた。

ベッドから起き上がれない日が何日も続いており、やむなくメッセージで応対したのだという。

そう話しながらも、N氏は喋ることすらも大儀のようだった。

実際、久しぶりに再会したN氏の姿を見て私自身も驚いた。N氏といえば、よく肥えた男で、日に五食も摂る大食漢でもある。

運動らしい運動も、取材での移動くらいなので、あまりいい太り方はしていなかった。ちょっとした階段でぜえぜえと全身で息をしている姿を見たりすると、彼の身が心配になったものである。

だが私が知るそんなN氏はそこになかった。代わりにあったのは、頬がこけ、すっかり痩せ細った姿だ。とはいえ、普通の一般男性と比べると充分太っている部類だが。

ともかく、彼の絶好調の姿をよく知るだけに、私にとってN氏の変貌ぶりは衝撃以外のなにものでもない。

喋るのも苦しそうにしながら、ここのところずっと食欲がないのだという。寝込むようになってからは冷蔵庫まで行くことですら重労働で、ほとんど食べていない。

そこまで聞けば、すっかり同情的になってしまう。

どうしてこんな容態になったのかは自明だが、話のとっかかりとして一応なげかけてみた。

帰ってきたN氏の答えは、私の思いもよらないものだった。

「何年か前に取材した女性がいたんだ。もしかするとその人のせいかもしれない」

その言葉が意味することを、その時の私はまだ知らなかった。

ただ単に勿体つけているだけで、こちらの反応を楽しんでいるだけ——そう思った。浅からず、N氏にはそういう一面があったのだ。

それと言うのも、N氏は霊の類をかなり懐疑的に見ている。いる、いないの判別については常に明言を避けているが、私の目から見てもN氏は疑っている。

そんな彼が自らの口で「誰かのせいで病になったのだ」なんて本気で言うはずがない。「とにかく、見てほしい映像がある」

這うようにして彼はパソコンの中から、ある動画を再生した。

それがRさんの動画である。

3

Rさんが歯の夢について語る十分ほどの動画を見終わって、私はN氏に説明を求めた。彼は熱でもあるのか、半ば虚ろな表情のまま「ああ」と返事をした。

「Rさんが見たその夢な、俺も見たんだ」

聞き返しそうになった。思わずN氏の顔を凝視してしまう。

「そんな顔で見ないでくれ。俺らしくない、って言いたいんだろう？　元気なら、反論でもしてやれるんだが、この通りの調子なんで参ってるんだ。勘弁してくれ」

私は慌てて否定した。正直、半分その通りだが、半分そうではないのだ。

「Rさんが見たっていう歯が抜けてお釈迦様がスーツ姿で現れる夢を、あなたも見たって言うんですか」

「ああ」

「そっくりそのまま？」

「そうだ」

「あなたらしくない、って思ったことは認めます。でも、その話が本当だと、あなたがそんな調子になるのはおかしくないですか？」

Rさんは動画の中で、『歯の夢を見ると家族が死ぬ』というようなことを言っていた。だとするなら、N氏が同じ夢を見たとして、夢を見た本人に不幸が襲うというのは矛盾している。

「君の言う通りだ。間違っちゃいない。けど、こっちも間違ってないんだ。なんてったって、俺の家族も同じ夢を見てるんだからね」

「なんですって？」

今度はたまらず聞き返してしまった。

今は独身だが、N氏はバツイチである。前妻との間に子供がふたりいて、どちらも前妻に引き取られ、N氏は気が向いた時に会いに行ったりしているらしい。

夫婦関係は解消したが、関係は良好らしく、割と自由に子供と会えるのだと以前、N氏は言っていた。改めて説明されるまでもなく、私はそのことを思い出す。

「元嫁は夢を見ていないんだ。けど、娘がな……」

N氏の子供は、中学生の長女と小学生の長男がいる。歯の夢を見たのは、中学生の長女だけらしい。

「だけどNさん、あの動画って何年も前に撮ったものなんでしょう？　それがどうして、今――」

言いかけた言葉をN氏が弱々しい声音で遮った。

「うちの娘な、いじめられてるとかそういうんじゃないけど、前にずいぶんと責められたことがあったんだ」

喋るのも辛そうにしているN氏だったが、「辛そうなのでまた今度」と言える空気ではない。私にできることは、彼が話したいことを時間がかかっても聞き遂げることしかない。

彼の話を要約すると、こういうことだ。

N氏の娘——Iちゃんとしておこう。Iちゃんは数か月前、学校でトラブルがあったらしい。N氏の前妻、Iちゃんの母親に学校から連絡があり発覚した。

クラスメートと言い争いとなり、あわや掴み合いのケンカになりそうになった。周りの生徒が止めに入り、大事には至らなかったというが、双方共に興奮しており、今後の関係が心配だという話だった。事実関係を確認して、家でもケアしてほしい——と、そんなところだ。

家に帰って母親がIちゃんに事情を訊ねたところ、しばらくは固く口を結んでいたがやがて事情を語り始めた。

口論の発端になったのは、なんとN氏が原因だったという。

なんでも、『怪談蒐集家』というN氏の肩書を『霊能者』の類と混同したクラスメートの女生徒が、Ｉちゃんを揶揄ったらしい。

確かに興味のない人間にとっては、怪談蒐集家も霊能者も判別がつかないかもしれない。少しでも触れていれば、まるで違うということはわかるが、世の中の大半はそういう層なのかもしれないと思った。特にＮ氏のような、『怪談蒐集家』を自認しているとそれがどういうものなのかわかりづらい。

端的に言えば、『怪談を蒐集し、記事や原稿を書いたり、人に提供したり、或いは語ったりする作家』である。肩書を細分化すると自らを名乗るときに不便なので、Ｎ氏は自らを『怪談蒐集家』と名乗っていた。

子供たちの社会の中で、その便利な肩書が裏目に出てしまったのだ。

大人でも『霊能者』だとか『祓い屋』などと一度先入観をもってしまうと、たちまち相手を胡散臭く見てしまう、そんな人もいることだろう。子供たちの社会ではそれが極端で残酷だ。

Ｉちゃんは別段、Ｎ氏のことをなんと言われようと気にするような性格ではなかった。しかし、彼女は子供だが『怪談蒐集家』と『霊能者』がまるっきりの別物だということを理解していたのだ。

だからこそ、看過できなかった。それで言い争いからケンカ騒ぎに発展したのだ。

N氏に似て、グループで活動するのが苦手だったことも不運だった。相手はまったく逆のタイプで、常にグループで行動しており、Iちゃんと言い争いになったクラスメートはそのグループのリーダー格だったのだ。

ずいぶんとひさしぶりに——いや、むしろはじめて、Iちゃんは N氏に電話をした。一応、前妻から事情だけは聞いていたN氏だったが、なにも言わずに用件を聞いてやったらしい。

「友達を思いきり怖がらせたいから、一番怖い話を教えてほしい」

思わず笑いそうになった。だが同時に胸が締め付けられる思いだった。

Iちゃんは、『怪談蒐集家』というものがどういうものなのか、自ら思い知らせてやろうとしたのだ。微笑ましいリベンジだ。

それでN氏は、『歯が抜ける夢』を選んだ。

彼はなにも、この話がもっとも怖い話だとは思ってはいない。だが、中学生が怖がる程度にはちょうどいい話だと考えた。『○○する（しない）と死ぬ話』というのは、怪談の常套句のひとつでもあり、同時にキャッチーで効率よく怖がれるのが魅力だ。

しかし、Rさんの話だけではいまいち弱い。そこでN氏はこれに尾ひれをつけて、怖さを盛ろうと考えた。

「もしかすると、未完成だった話を……完成させてしまったのかもしれん」

N氏は私にそう言った。

4

N氏の頼みごととは、Rさんに会ってきてほしいというものだった。

動画を見させられた時点では、もしかして『Rさんを捜してほしい』という依頼だったらどうしようかと思っていたが、そうではなくN氏は彼女の連絡先を知っていた。

単純に、N氏は会いに行ける状態ではないので、代わりに私に行って話をしてきてほしい、というものだった。

私としても興味深い案件だったし、日ごろ世話になっているN氏たっての頼みということもあり、引き受けることにした。

「Rさんが今どうしているのか、家族は健在なのか、とりあえずそこを確認したうえで、歯が抜ける夢について、新しい話はないか聞いて欲しい。それと、夢を見てしまった時はどのように対処すればいいかも聞いておいてくれ」

まるで伝染歌のように言っているが、対処法などあるのだろうか。というより、本当にRさんの夢が原因の不調なのか。ともかくとして、N氏が望むことはやってみようと思った。

なにしろ、Iちゃんもまた N氏と同じ状態だというのだ。私が信じる信じないは問題ではない。医者でもないのだから、できることをしてやるほかない。

そういえば、N氏はこの件の発端は数か月前だと言ったが、彼が怪談蒐集家を引退すると宣言したのも確かその頃だ。

彼が引退を決意した背景には、Iちゃんの一件が関係していたのだろうか。時期的にそう邪推してしまう。親子のことだし、N氏本人が決めたことなのでこの件に関しては私の出る幕ではないが、気にはなってしまう。

N氏宅を訪れた翌日、私は早速Rさんにコンタクトを試みた。

幸い、電話番号と住所のほかにもメールアドレスの記載がある。私はまず、メールを送ってみることにした。

Rさま
はじめまして。私は作家をしております。

この度は怪談蒐集家のN氏の代理としてメールいたしました。

数年前、N氏から取材を受けられたかと思うのですが、そのこととそれからについて、改めてRさんからお話をお聞かせ願えないでしょうか。

本来であれば、N氏からご連絡差し上げるところですが、生憎N氏は現在、体調を崩されており直接お目にかかれない状態です。私は文頭にもありました通り、N氏代理としてお話を伺います。

ご多忙のことと存じますが、何卒前向きにご検討いただけましたら幸いです。

よろしくお願いいたします。


といった内容のメールをRさんに送った。

返事はないが、エラーで戻ってきていないのでアドレスは生きているようだ。

しばらく反応がない日が続いたが、しばらくしてRさんからの返事のメールはしっかりと届いた。

まったく知らない私という人間からの唐突なメールに戸惑っているのが文章に表れていたものの、こちらのお願いに関しては承諾してくれた。

来週なら時間が取れる、ということなので約束を取り付けた。場所は都内某所のカフェである。

そうしてやってきたRさんを見て、私は面食らってしまった。

N氏の動画に映っていた彼女とは似ても似つかない……とまでは言わないが、ずいぶんと印象が違う。

「すみません。お待たせしました」

「いえ、とんでもない。勝手に早くきたのは私のほうでして」

そのように話しながら、Rさんに名刺を差し出す。Rさんは受け取った名刺を、にこやかな表情のままテーブルの端に置いた。マナーをわきまえていると感心した。

N氏から聞いていた話と——というより、あの動画の印象とは違う。動画に出演していたRさんは、神経質そうで疲労でまぶたが開いていない、陰気とも思える印象が強かったが、私の前に現れたRさんは、前向きで溌溂としていた。体調の悪さなどは微塵も感じず、むしろ健康そうだ。

一瞬、別人がやってきたのかと疑ったが、印象が変わった、というだけで顔は動画で見たRさんと同じだ。なんというか、外見はそのままに中身だけすげ変わってしまったかのようだ。

そんな私の内面の驚きは隠して、あいさつもそこそこにして単刀直入にN氏から預かった問いをなげかけた。

「Nさんのお具合はいかがですか？　お元気になられたら、改めてお会いしたいです。私は二年前に結婚して、一男に恵まれました。仕事のほうは育児休暇中で、毎日家事に育児に奮闘中です。今日は夫の母に子供を預けてきました。ささやかですが、幸せで充実した日々を過ごしています。

家族についてですが、誰ひとり欠けることもなく、健在です。その節はNさんにご迷惑をおかけして、反省しかありません。あの時の私はどうかしていたのだと、今になって思います。

あの夢――『歯が抜ける夢』ですよね。スーツ姿の目がないお釈迦様がとても気持ち悪くて、怖かったのは覚えています。しかし、それ以降、変わったことというのはないように思います。不思議なのですが、Nさんに話を聞いてもらってから、嘘のように夢を見ないようになりました。

その頃の私は、とにかくあの夢に振り回されていて、眠ればまた歯が抜ける。歯が抜けるということは家族が死ぬ。いつ死ぬのか、どうすれば回避できるのか。日頃、頭の中はそれで支配されていました。

だから夢を見なくなった、というだけで私の暮らしは劇的に変わったと言っていいと思います。これもNさんが夢をもらってくれたおかげだと思っています。
夢を見た時の対処方ですか？
さあ、どうでしょうか。私のことを申し上げるとすれば、やはり誰かに話す、というひと言に尽きるのではないでしょうか。そうすることで、夢を見なくなるなら、もっと早くに話を聞いてもらうべきでした」

Rさんはハキハキとそう答えた。

だが私は話を聞いていて思った。N氏が歯が抜ける夢に悩まされるようになったのは、Rさんが彼に夢のことを詳しく話したからではないか。

Rさん本人からすれば、話をしたことで解決したのかもしれないが、話をしたことで対象がN氏に移ったとも考えられる。このようなことが実際に起こり得るか否かの議論は置いておいて、これまでの経緯をすべて受け入れるならそう考えるのが自然である。

つまり、RさんはN氏に歯が抜ける夢を移した。伝染ではなく、なすりつけたのである。かといってこの件に関してRさんに罪があるかといえば、そうも言えない。彼女を取材の対象とし、自ら話を聞いたのはN氏のほうである。このような結果を招くことがいかに想定外であったにせよ、そこは揺るぎない事実なのだ。

ならば、Iちゃんもまた歯が抜ける夢を取材動画を媒介することによって感染したのだろうか。それではまるで鈴木光司氏の代表作『リング』とプロセスが同じではないか。

そんな、事実は小説より奇なりを地で行くような出来事が本当にあるのか。

5

結局、解決法を含め、期待した回答は得られなかった。

唯一、救いになったのはRさんが現在、幸福であるということだけだ。それが知れただけでも、N氏にとっても嬉しい報告なはずだ。

いや、そんな軽率な結論に帰結すべきではない。彼は今、生死の問題に直面しているのだ。大げさに思えるかもしれないが、実際に彼の容態を見ている私としては決して大げさな表現ではなかった。

私はRさんとの話を整理してから、N氏の自宅へと向かった。

N氏の容態はさらに芳しくなかった。顔は土気色をしていて、今にも死にそうだ。前に訪れた時に掻いていた汗や体臭もまるでない。もともと肥満気味だったN氏は、普段から体臭がするほうだったので、それらがまったくないというのは生気を失っているようで気が滅入った。

「おお、よく来てくれたな……」

それでも私の姿を認めると、上半身を起こし歓迎してくれる。その姿が余計に痛々しくて、私は自分でも目が泳ぐのがわかった。

そして、そんなにまで弱ってしまっているN氏に対し、なんの収穫も得られなかったRさんとの邂逅について話した。

しかし、意外にもN氏は私の話を聞きながら眉ひとつ動かすことはなかった。体調の悪さからなのか、それとも結果を予期していたのか、落ち着いた様子で聞いている。

「話をしたから憑き物が落ちたっていうのは、説得力にかけるな。それよりも、俺が気になったのは『Nさんが夢をもらってくれたおかげです』という言葉だ。意識せず、つい言ってしまったのか、ただ単に語彙を間違っただけか、判断するのは難しいが俺は前者の説を推すね」

「つまりどういうことですか」

「Rさんは伝染《うつ》ったかのように言っているが、事実は違うと思う。おそらく、彼女が俺に伝染そうとして故意に伝染した」

思わず「そんなバカな」と言ってしまった。だがN氏は構わずに続ける。

「バカなことはない。取材を受けたこと自体が、計画のうちだったとも考えられる。最初から俺に夢を押し付けるために取材協力をした。そしてまんまと計画通りとなったわけだ」

厭世めいた表情で、N氏は弱々しい調子で断言する。

そう言われてもにわかには信じがたい。すくなくともすっかり明るく溌溂としたRさんがそんなことをするとは思えない。彼女とは一度しか会っていないが、そのくらいわかっている自負はある。

「君がどう思うかは自由だ。しかし、Rさんが『故意に夢をなすりつける方法』を知っていたと仮定し、実際にそれが唯一の方法だとする。ならば君も今頃、毎晩歯が抜ける夢に悩まされていないとおかしくないか？」

確かにそうだ。Rさんが言ったように、誰かに話したから夢が移動したのだとすると、彼女と会う前にN氏から話を聞いていた私は、N氏と同じ症状になっていなければおかしい。それはRさんの話を聞いてから、ずっとあった心の引っかかりだった。

「息子も夢を見るようになったらしい」

その言葉に思わず固まった。

「君には黙っていたが、俺の両親も前々から床に臥せっている。みんな、歯が抜ける夢を見てるってさ」

眩暈がした。なにを言っているのだ、この人は。そんなの……嘘に決まっている。

自分の中でそのように結論付け、消化しようとしたが、嘘と断ずることができなかった。

「つまり、家族と言っても血縁関係に限るみたいだ。前の奥さんが夢に冒されていないのはそういう理由だろうね」

怪談を聞き集める中で、一番怖ろしく、そしてバカげている話だった。

しかも、ただでさえそうなのにその当事者が怪談蒐集を生業としていたN氏なのである。

私のほうも頭がおかしくなりそうだ。

「Nさんを取り巻いている異常な現象がRさんのせいだっていう主張は私にはよくわかりません。そうだと言われればそうな気がするけれど、そうだったとしても時系列的に矛盾があるような気がするんです」

無表情でN氏は私の話の続きを促した。

「もし、Rさんから歯が抜ける夢の話を聞いたことが原因だとするなら、それは最初にNさんが動画を撮影した後に起こらなければおかしい。でもNさんは、娘さんの件があって再度動画を見た。娘さんは初見ですが、Nさんは――」

そこまで言ってみて、ハッとした。

猛烈な寒気と、厭な予感がする。

そんな私の思いを読んでいたように、N氏はこちらをじっと見つめたまま言った。

「そうだよ。Rさんは俺じゃなく、娘に夢を押し付けた」

「いや、でもそれもおかしいですよ。娘さんを標的にしたのなら、不確定要素が大きすぎる」

「違うな。彼女は俺の娘を標的にしたんじゃなく、誰でもよかったんだよ」

N氏はそこではじめて笑った。まるで他人事のような、不気味な冷笑だった。

サイドチェストに置いたペットボトルの水を一口飲み、N氏は自らの考えを語った。

「君の言う通り、俺や君が歯が抜ける夢の話を聞いても特に異常はない。だからこれまでなにも起こらなかった。でもうちの娘があの動画を……いや、おそらくあの話を聞いたら夢を見るようになるんだ。あの夢は、あくまでRさんの受け売りだが家族が死ぬ予兆だという。でも実際はどうだろう。これは予兆というより呪いの類のように思う。誰かが夢を見たら、その人間の家族に次々伝染するというような。もしも、俺が考える通り呪いのようなものだとすれば、それは悪意を持って誰かに移そうとする」

「Rさんがそうだと言うんですか」

「さっきも言ったが誰でもよかったんだろうな。彼女もまた、誰かに移されたのかもしれない。でも俺や君が即座に移らなかったことから、女性から女性にしか故意に移せないのだと思う。いわば感染源は女性で、そこから夢を媒介して広がる。しかも血縁だけに」

N氏は喋りすぎて体力を消耗したらしい、そこまで言うと横になった。

すべてN氏の憶測だ。そんなことがあるわけがない。

心の中ではそう思う。しかし、実際に変わり果てた知人が目の前にいるのだ。

なにもかも虚言だと否定するには、まだ確信が持てなかった。

「結局、Nさんは R さんと僕を会わせてなにがしたかったんですか」

N氏はそこまで推測をつけていながら、どうして R さんに疑問をぶつけなかったのだろう。本当ならそのために私と会わせるはずだ。だが結局、私はただ R さんの近況を知っただけで、抜本的な収穫はなにも得られなかった。無駄足とも言って過言ではない。

「……彼女がどうしてるか知れればそれだけでよかったんだ」

そう言ってN氏は寝入ってしまった。

納得できず、私は何度も話しかけたがN氏はそれ以上語らない。というより、本当に疲れが限界だったのだろう。

もやもやしたまま、私はまた数日、N氏が回復するのを待つほかなかった。

6

N氏が快復したのは、それから十日後。

仕事に復帰したのはさらに二日してからだった。

あの状態だったので、死は免れないものと思い込んでいただけにN氏の復調にはいささか拍子抜け感があったことは否めない。

さらに驚いたことに……というか、それ自体はとても喜ばしいことなのだが、N氏の娘であるIちゃんをはじめとした彼の家族たちもまた、みんな元の生活に戻っているらしい。

結果として、死人はひとりとして出なかったし、歯が抜ける夢を見たからと言って、家族は死ななかったのである。

ならば一体あの一連の出来事はなんだったのだろうか。

なんだか私ひとりが振り回されたような気もするが、N氏の不調は嘘とも思えないので整理が難しい。

兎にも角にも、改めてN氏から話を聞かなければならないと思った。

復帰を遂げたN氏はこれまで以上に精力的に仕事をこなし、寝込んでいた時期に痩せたのがちょうどよかったらしく、実に健康的になった。

そのせいで彼とゆっくり話ができるようになるまで、相応の時間を要したが機会は訪れた。某日、都内の店で彼と落ち合うことになったのだ。

時刻は十九時ちょうど。空席はあるが賑わったテーブルの一席にN氏は姿を現した。軽快な調子で手を振り、にこやかに挨拶の言葉を口にする。その姿は以前よりもずっと若々しく、生気に満ちているように思えた。

「その節はどうも。悪いね、恩返しもせず構わずで」

席に着いたN氏は烏龍茶を注文した。目を丸くした私にN氏は「酒はやめたんだ」と笑う。大食漢であり、酒豪でもあったN氏からは想像もできない言葉だ。

これではまるで人が変わったかのようである。

「話を聞かせてもらいたいんですけど」

食事もそこそこに、そう切り出したのは私のほうだ。

N氏は「いいとも」とあっけらかんと答え、ことの顛末を語ってくれた。

体がよくなった理由は特にないらしい。寝ていたらそのうち、体力が回復してきた。簡単に言ってはいるが、すっかり痩せてしまった現状を見てわかるほど、『寝てたら治った』と軽く言えるような期間でなかったことは知っての通りだ。

しかし、N氏曰くとにかくそうとしか言いようがないということもまた本当である。実際、私がこの目でその窮状を見ていたし、N氏本人も死を覚悟していたと振り返った。先にIちゃんが回復の兆しを見せ、徐々にみんな復調していった。

N氏はこれについて、「最初から死を暗示する呪いではなかった」と推察する。

そのうえでRさんについても、悪意があったという見解を訂正した。曰く、RさんがN氏に歯が抜ける夢の話をした時の状態は、自分が床に臥せっていた時期のそれと程度の差はあれ、非常に似ていたとのことだ。

そう考えれば、当時のRさんもまた本来の姿ではなく、私が会った時の明るく溌溂としたRさんが本来の姿だったのではないか。若さと元気を取り戻したN氏を前にすると、そのように思えてならない。

では結局のところ『歯が抜ける夢』とはなんだったのだろうか。

N氏は、『歯が抜ける夢』は本当に家族の死を暗示するものなのだと言う。実は『歯が抜ける夢を見ると家族が死ぬ』という話は、日本のあちこちで言われているのだそうだ。これは根拠のないことではなく、かねてから夢占いでも同じことが言われているのだという。

なんでも、歯は家族のほかに健康や生命力の象徴とされていて、それが抜けるということとは悪い暗示――ということのようである。逆に歯を治療したり、虫歯が治るといった夢は吉夢とされている。

なるほど、と相槌を打ったが論点はそこではない。

夢が教える暗示や夢占いでの歯についての意味についてはわかった。だが、それとは根本的に問題が違う。

今回の場合、家族が同じ夢を見る、であったり、話から夢が移るのは女性のみ、であったり、実際に夢を見た人間が不調になる、でもあるし、内容のことを言えば、スーツ姿のお釈迦様や蜘蛛のことになんの説明もない。

N氏は私が挙げたこれらの疑問を認めながらも、肝心なところはわからない部分も多い。そもそもRさんがすべての真相を把握しているとは思えないし、夢を押し付けた最初の人間まで遡るのは難しい。ただ脳裏にはずっとあの不気味で意味不明な夢の映像だけが焼き付く。

そして、あの夢を見た人間は、その映像が忘れられず、夢のせいで病んだという体験から、いつまた歯が抜ける夢を見るかもしれないと怯えながら暮らさねばならないのだ。

夢に怯える……というのは、怖ろしいことだと思う。人間には眠りが必要だ。生きている限り決して避けられない生態なのだ。

それが恐怖にすげ変わるのは、これから死ぬまでの何十年間が途方もなく長く苦しいものになるだろう。いつか、忘れる日が来るのならばそれもひとつの救いになると信じるほかない。

だが私の前でにこやかに佇むN氏からはそんな恐怖は微塵も感じなかった。

「それとRさんについて、おっかないことがわかったんだよ」

私は「おっかないこと？」と聞き返した。

「そう。復調してから、やっと直接Rさんに話が聞けると思ってね。連絡をしたんだが、つながらなかった。それから彼女から教えてもらっていた住所にも行った」

そこではじめて、にこやかな相貌を崩さなかったN氏に翳りの表情が見えた。

「その場所は廃墟だった。しかも、クリニックのな。調べるともう二十年以上前に閉業していて、廃墟と化したのも十数年前とのことだ。近所で聞き込みもしたんだが、Rさんのことは誰も知らなかった。彼女に家族がいたのかどうか、彼女が誰なのか、そういった肝心な情報がすべて真偽不明となっている。なんとも不気味な話だ」

その身をもって、こんな不思議な体験をしたN氏だが、最近になって怪談蒐集の仕事をまたするようになったのだと笑う。

引退宣言は撤回とのことだ。

最後にN氏はこんなことも言っていた。その場では突っ込まなかったが、非常に気にかかる話だった。

「そういえば娘が寝込んでいる時にな、例のケンカ相手の子がお見舞いに来たんだとよ。娘と元嫁は大人達への点数稼ぎだって騒いでたけど、どうなんだろうな。俺はその子が本当に悪いと思って来てくれたんだと思いたいね。まぁ、なんだかんだで娘も嬉しかったんじゃないかな。その頃くらいから徐々に回復してきたっていうし」

Iちゃんとケンカになったというその同級生は、女の子だという。

霊柩車を見たら親指を隠さないと親が早死にする

最近はめっきり聞かなくなった迷信だが、筆者が子供の頃はまだ現役で大人からよく言われたものだった。村社会では死者が出た家をとにかく嫌う。『忌火《いみび》』と言って当該家の火を嫌った風習があったことからもそれは窺えるだろう。

霊柩車はそんな死者を運ぶ車なのだから、穢れと受け取るのは仕方がなかったのかもしれない。とはいえ、霊柩車は大正時代に登場した。だからこの迷信も比較的若い迷信といえる。

親指を隠す理由としては、その昔穢れや災いは親指の爪の間から入ると言われていたのだ。実は霊柩車の登場以前は『葬式で親指を隠さないと親が早死にする』が源流であったらしい。

なぜ本人ではなく親なのか。単純に『親』指だからという話なのだろうか。

六

余所者に見られてはいけない祭り

――深夜の呪祭――

1

原稿仕事をしていると、ついついインターネットに現実逃避しがちだ。

頭の中でこれは息抜きだと言い聞かせつつ、気づけばあっという間に時間が溶けている。

特に動画やSNSは危険だ。

原稿をやっている時間よりも長く費やしていて、気づけば時すでに遅し……ということが多々ある。仕事中はインターネットを封印、といきたいところだが、調べものをする時に不便だ。

結局、『ちょっと調べるついでに……』のつもりが、また同じ轍《てつ》を踏んでしまう。そして何を調べるつもりだったのか忘れ、自己嫌悪に陥ってしまうまでがルーティンである。

しかし、そんなSNSもたまには仕事に役立つことがある。

今ではすっかり『ミニブログ』という体裁だということを忘れられた某つぶやき型SNS。言論人から主婦まで様々な人たちが利用し、今、こうしている瞬間もくだらないことから切迫したことまで、必ず誰かが何かをつぶやいている。

有名無名にかかわらず、すぐに炎上するのでまさに取り扱いに注意といったところだが、時には気になるつぶやきを見つけることもある。

私が〝仕事の息抜き〟にＳＮＳを潜っていると、偶然、妙な投稿に行きついた。

フォロワーのフォロワーのフォロワーが引用していた投稿で、特にイイネも拡散もされていないひっそりとしたものだった。

『この人のつぶやきずっと追ってたけど、これで終わってるのこわすぎ』

と引用メッセージを添えて拡散されていたのは、闇の中にぽつんと灯る松明と白装束の人物が写っている画像。そして、『4゜ϵ・ϵ☆3*』という意味不明の羅列。

ホラーアカウントなどがバズり目的で発信している、お得意の『意味がわかると怖い話』系の投稿だと思っていたが、画像をよく見てみると興味が湧いた。

闇の中、というのはおそらく夜だからだろう。松明があることから、外であるのは間違いない。白装束……は、神事などで纏う着物に近い。その人物は松明に向かっているので顔は見えないが、耳のところから後頭部にかけて紐のようなものが見えるので、仮面かなにかを被っているようだ。

しかし、興味が湧いたのはそういったよく見えている部分ではなく、目を凝らさないとわからない部分だ。

松明に照らされている白装束仮面の周り、正確に言えば足元。奥の方に複数の足が見える。つまり、これはひとりではない、ということだ。

釣りだとわかっていても、こんなものを見せられては怪談作家として胸が躍る。『4゜⋐・⋐☆3*』という意味不明な羅列のことも含め、いっちょ釣られてやるか、と投稿主のプロフィールに飛んでみた。

2

『ばんばん』というアカウント名でアイコンは西武ライオンズのロゴがアイコンになっていた。プロフィールには『おでん食べたい。デレマス勢。趣味友とつながりたい。20↑』と書いており、ロケーション欄に埼玉の某大学の位置情報が登録されていた。おそらく大学生だろうと思う。でなければ、大学関係者といったところか。いずれにせよ、精神年齢は高くないように思えた。

『4゜⋐・⋐☆3*』というメッセージと共に暗闇の松明画像を添付した投稿が最後の投稿で、私はそれ以前の投稿をひとつずつ遡っていった。

十ほど見たところで、一気に指を滑らせもっと過去の投稿へと潜った。

十ほどの投稿を読んで、これがなんの投稿なのか意味がわかった。だからこそ、ひとつずつ遡っていくより、時系列順に投稿を追っていきたいと思ったのだった。

『この春！　ついについにやったるぞ〜！　チャリンコ旅！　俺、決めたかんな。もう逃げ場ないかんな。この日のためにバイトでもりもり旅費稼いできたっつ〜の。あー、興奮して眠れねー・・・出発は8月5日から。学校はじまるまで、みっちり走ってやる。目標は本州横断w』

画像には後輪の両側にずっしりとしたサイドバックをつけたロードバイクの画像があった。本人の画像がないが、投稿についたレスからやはり大学生で間違いない。テキストにも『出発は8月5日から。学校はじまるまで』とあるので、夏休みを利用した旅だったのだろう。

『ばんばん、がんばれ！　応援する』

『大学に退学届けだしとくね』

『ええっマジでマジでマジで?!！　本当にやるんか、すっげえ〜〜〜〜〜！！』

『危ないとこ走っちゃだめだよ?無理だと思ったらすぐやめてね』

などと直接彼を知っているであろうアカウントから続々と応援レスがあった。

しかし、元々のフォロワーが少ないからか、反応はほんの数人に留まっている。

この投稿が彼の自転車旅のはじまりだとして、その前の投稿をいくつかチェックしてみる。

ごくありふれた、遊んだところや食べたものなどを思いつきで投稿しているなんでもない大学生の日常、といった趣だった。

時々、ロードバイクで走ったという記述があったりすることから、この日に向けての準備はしていたようだ。

このロードバイクにしても、旅の三週間前に買ったもので、彼ががんばったというアルバイトにはこれの資金も含まれていたのだろう。

顔バレしたくないのか、自撮りを含め、自分自身は画像に登場していない。あって時々、手や足が写っているくらいだ。

彼の人となりがある程度つかめたところで、自転車旅の投稿まで戻る。

ここから、どうしてあの暗闇に松明の画像につながるのか、高鳴る胸を押さえながら私は指を滑らせた。


先に断っておくが、『ばんばん』の自転車旅の投稿はかなりの量がある。

すべてを列挙したほうが臨場感を味わってもらえると思うが、本筋と関係のない投稿が圧倒的に多いので、旅の雰囲気がわかるものと気になる投稿だけをまとめた。

3

（＞は第三者からのリプライ）

8月5日 05:05

これから出発します！

日中めっちゃ暑くなるっぽいので、体調管理しっかりしたい。初日でリタイヤとか、ネタにしかならんwww

いやまて、もしそうなったら一生使えるすべらない話ゲットかも。（なんでも前向き）

＞できるだけ日陰を走るんだよ～

＞松崎しげるみたいになって学校くるの楽しみw

8月7日 14:12

富士山通過。去年登ったなー。あの時から、ずーーーっと自転車旅で見上げたいって思ってた。富士様無事に走破できますよう

（富士山の写真）

＞富士山登ったことあんの？ｗ　ドＭすぎるｗｗ

8月9日 18:22

だーーー！

今日はだめだ！

60km も走れなかった・・・

途中の車体トラブルで時間取られたなー。今日は開き直ってスーパー銭湯でゆっくりします。

＞俺なら２km でギブ

＞あー俺も久々に整いにいこー

8月13日 12:12

那須～

見てこれとうがらしのジェラートだって。辛いし甘いし辛くて甘い・・・

二度目はなしかなｗ　から～

今日もちょっと車体の調子が悪い。シャフト周りがなんか、違和感あるんだよね。

大きな町に差し掛かったら一回見てもらおう

（アイスと那須高原の画像）

＞とうがらしのジェラート・・・どんな味か想像できない

＞あー！食べたことある！私は結構好きだなー

8月14日 17:50

やっぱりおかしいな。怖いので今日は早めに切り上げます。

でもスケジュールから大幅に遅れはじめてるんだよな。卒業したら二度とこんな旅できないだろうからなんとしても達成したい。でも山の中だしな・・・自転車直してくれるところあるかな

＞他にも自転車乗りの人いないの？いたら聞いてみたら？

＞もし今回がだめでもまた挑戦できるって！

8月15日 16:51

うわ。これはまずい・・・

シャフトが折れた・・・

心当たりがないわけじゃない・・・うわさいあく

8月15日17:30
今日は走れない。ってか、もうだめかも。
なんだよこんな終わり方ありかよ。なんのためにここまでがんばったと思ってんだ

8月15日18:24
どうしよ。テント張れるとこない。
>ヒッチハイクとかやってみ
>たまにはちゃんとした宿に泊まるとか

8月15日19:09
やばい。暗くなる。
どうしたらいいんだこれ。まあ、最悪地べたに寝るか。
>やだ野性的
>適応力高すぎる

8月15日19:27
どこだここ。マップみてもよくわからん
なんもない
（山道の画像）
＞そこで留まるのは危なすぎるだろ
＞熊でるぞやめとけ

8月15日20:25
じゃじゃん！見てこの豪華なごはん！
捨てる神あれば拾う神あり！！
人と自然に感謝していただきます！
（テーブルいっぱいに並んだ天ぷらや煮物などの料理）
＞え？なになにどうなった？
＞民宿かなんか見つけたのかな

8月15日22:00
いまやわらかいオフトゥン。
状況を説明しますね。
バイクを押しながら暮れなずむ山道をとぼとぼ歩いてたら、軽トラックが止まって中の人が話しかけてくれた。事情を話したら親身になってくれて泊めてくれるって。
マジ助かったし、人の優しさが骨身に沁みた・・・
＞人類の叡智だよね・・オフトゥン・・・
＞やさしい人に出会えてよかった

8月15日22:01
なんていう村？町？かわからないけど、明日は大きなお祭りがあるからもうひと晩泊まって、明後日にバイクショップに連れて行ってくれるって。めっちゃ助かる・・・ガチで旅しててよかったと思った。人と人との出会い万歳。
というわけで明日は休日と割り切って祭りを手伝います。

8月16日07:34
おはよー・・・
旅をはじめて今日が一番よく眠れた。やっぱり人間、オフトゥンですよ・・・
オフトゥンで暮らしたい。
＞オフトゥンと結婚したい
＞オフトゥンに朝ごはん作ってほしい

8月16日09:46
どこの馬の骨とも知れないこんな僕を泊めてくれた方に感謝・・・
本当ならみんなに「こんなにいい人なんだぞ～！」と自慢したいけど、迷惑かかるとあれだからお名前はぐっと我慢する・・・っ！
しっかし、いい景色だな～。将来移住も考えようかな。でも、まずは内定内定（草
（部屋の窓から見える田園風景とお茶の入ったグラスの画像）
＞田舎暮らし憧れるね～

8月16日 10:11

やることない・・・

いや、贅沢なのはわかってるけど。コンビニとかもないし、本当、ザ・田舎って感じ。のんびりしてていいな～とは思うけど、やっぱり住むのはナシで！

（青い空の画像）（花の画像）（小さな子供があどけない表情でこちらを見ている画像）

＞前言撤回までノーモンションだった。俺じゃなきゃ見逃してるね

＞３枚めの子供ちゃんは誰？？

8月16日 10:17

>> ３枚めの子供ちゃんは誰？？

お世話になっているおうちのおこさんで９歳のいっちゃんです！　今も後ろからスマホを覗き込んでますｗｗ

おうちの人はお祭りの準備が忙しいみたいで、子守りをしてくれてます。

＞ばんばんが子供なんだ草

＞ばんばんが子守りされてるほうｗｗｗ

8月16日11:45
3° 2(

8月16日11:46
ごめんさっきのつぶやき間違いw
たまにやっちゃうんだよね。かなと数字、間違えてフリック
それにしても小３の相手はさすがに疲れる・・・
ずっと庭でキャッチボールとか、家の周りを走り回るだけの鬼ごっことかw
今って令和じゃんね？？遊び方レトロすぎない？？ww

8月16日12:43
ちょっと俺、連投しすぎじゃね？w
仕方ない。だってすることがない。
いっちゃんと一緒なのも楽しいけど、ずっとはきついなー。あ、いっちゃん怒ってるw
ほい。お母さんがお昼に作り置きしてくれてたおにぎり定食♪
（おにぎりと味噌汁、漬物と卵焼きと焼き岩魚の画像）

>お昼食べたらいっちゃんとお散歩していっぱい写真撮ってよ
>いいな〜俺もいまからそっちに行こっかな（）

8月16日13:39
>>お昼食べたらいっちゃんとお散歩していっぱい写真撮ってよ
残念。お散歩計画は失敗しやした。

いっちゃんが外に行きたがらないから〜。結構しつこく誘ってるんだけどね。俺一人で外に行くわけにもいかないし、なんだかな〜って感じ。

まだ夜まで長いよ〜。早く自転車旅再開したい！
>ナイスアイディアがあるよ。いっちゃんを寝かせてしまうんだ！　そして、その隙に出かけちゃえ！
>ナイスじゃんww
>罪悪感〜〜

8月16日13:43
>>いっちゃんを寝かせてしまうんだ！　そして、その隙に出かけちゃえ！

いいね！マジでありかも。よし、がんばってみる！
>いっちゃんが起きる前に帰ってきてあげるんだよ

8月16日 14:00
う〜〜む・・・なんか、気のせいとはわかってるけど・・・
もうちょっと様子見てみる
>なに？

8月16日 14:15
やっぱりおかしい気がするんだよな・・・
>なにが？

8月16日 14:37
あの子、俺を外に出さないように見張ってる
（ふすまの前で三角座りしている子供の足の画像。さりげなく撮影した風）
>考えすぎでしょ。いくらなんでも

>ぽんぽんに懐いてるだけだってw

8月16日14:44
なんか理由つけて外に出たい。子供相手だから強引に出るのは簡単だけど、それじゃいっちゃんの顔潰すし、家の人にも悪いからなんか外に出ざるを得ない理由ほしい
なんかない？
>なんだろ。なんかあるかなー・・・
子供じゃ対応できないようなことを言って、家の人がいるところまで案内してもらうのはどう？

8月16日14:48
>>子供じゃ対応できないようなことを言って、家の人がいるところまで案内してもらうのはどう？
いいね！　やってみる！

8月16日 15:07
（※画像のみの投稿）
（山に囲まれた田園風景。民家が点在し、ひと気がない田舎町という風情）
＞外に出られた？

8月16日 15:10
（※画像のみの投稿）
（牛舎、信号のない舗装道路、公民館のような建舎、ぽつんと佇むポスト）
＞いいね〜。のどかだ

8月16日 15:56
なんか・・・やっぱりおかしいと思うんだ。
今日、祭りだって言ってうちの人いないのに、家の外っていうか町中どこものぼりとか、祭りっぽい雰囲気ない。っていうか人どこ？　なんで誰も歩いてないの
＞山の町だから、隣町と合同でやるとかじゃない？　会場も隣町とかなら別におかしくない気がする

>いっちゃんはどうしたの？

8月16日16:15
>>いっちゃんはどうしたの？
買収したwww
意外と金に弱いところが小学生って感じ。出費は痛かったけどね
>越後屋〜〜www
>痛いくらいの金額じゃないと首を縦に振らなかったんだwww　最近の小学生は現金だな〜
>現金だけに！

8月16日16:52
（※動画のみの投稿）
（神社か寺の境内を物陰から隠し撮りしている。境内には数十人の人だかり。打ち合わせのようなことをしているらしいが、音声ははっきりしない）
>なにこれ

8 月 16 日 17:33
帰ってきた。なんかよくわからないけど、異様な感じだった。
いっちゃんもさっきの動画のやつ見て全然喋んなくなったし、わかんない。
ただ、鬼？　いや、違うな牛かな？　わからないけど、変な仮面被ってた人がいた。
祭りって、夏祭りみたいなの想像してたけど違うんかな
＞そもそも盆は終わってるから盆祭りじゃないよね
＞密祭みたいなことかな？　よくあるじゃん、村の因習とか
＞冗談でもやめとけ

8 月 16 日 19:00
いっちゃんは今テレビを見てるので、ちょっと家の中を動画で撮影しとく。
なんか町全体が異様な感じして落ち着かない。不謹慎だってわかってるけど、とにかくなんか情報がほしいのと、写真よりこっちのほうが手っ取り早いから。
別に俺の身になんかあるとか、そんなことは絶対ないだろうけど・・・
（※動画が添付）

（家の中を徘徊している。特に変わった様子はないが、仏間に飾ってある写真の中に数枚、境内にいた装束の集団が写っているものがある。仮面の上から布を被っており、素面の者以外の顔は明らかでない）

→８月 16 日 19:02（連投）

わかる？俺が今日神社っぽいところで見たのと同じ。横にペンで『■■■祭り』って書いてる。１９７０年だって。その横の奴は１９８０年だ。こっちは１９９０年だった。１０年に一回って意味なのかな。気になる。

＞もうその辺にしといたら・・・

＞人の家だしな。でも、気になる。なんなんだろう

＞こっちまでドキドキするからやめて～

8 月 16 日 22:22

やばかった。ここから連投する

→８月 16 日 22:22

さっきの投稿のあと、いっちゃんのところに戻って一緒にテレビ観てた。

家の人が帰ってきたのは 19 時半くらい。別に昨日と変わりなかったけど・・・やたら

と「外に出ていないか」って確認された。共犯のいっちゃんがかわいそうだったから、いっちゃんに振られたら俺がかわりに「ずっと家にいたよね」って答えた

→8月16日22:24

いっちゃんは後ろめたいからかわからないけど、家の人が帰ってきてもめっちゃおとなしかったし、誰とも目を合わそうとしなくて、悪いことしたなあって反省しました。

その後、家の人が晩ごはんを振る舞ってくれたんだけど昨日と比べると質素って言うか、こんなこと言ったら失礼なんだろうけど

→8月16日22:26

昨日はテーブルにずらっとおかずが並んでいたのに、今日はお漬物と味噌汁となんかの佃煮だった。朝ごはんみたいな献立だったけど、文句言える立場じゃないしニコニコ食べたよ。したらお父さんのほうが、めっちゃ俺に酒勧めてくんの。正直、得意じゃないから飲みたくなかったんだけど、断れなくて

→8月16日22:29

やたらぬるい日本酒だった。しかもおいしくないの。いや、俺の精神状態がアレだったから不味く感じたのかな。でも不思議なんだけど、全然酔わない。うちのオヤジが「酒は質よりも誰と飲むかだ」とか言ってたのを思い出して、緊張してると酔わない体質なのか

もしれないって思った。

→8月16日22:31

それでも俺の顔が赤くなってたんだろうな。「酔ったみたいだし、もう寝なさい」っていうの。時間見たら21時にもなってなくて、無理矢理酔わせて寝かせてしまおうって魂胆が見え見えで。そんなの怪しすぎるっしょ。ああ、そうだ。一応俺からも今日の祭りについて聞いた。見たことは言わずに

→8月16日22:34

したら家の人ニコニコしながら「今日あるんだよ。楽しみだよねえ」っていうんだよ。わけわかんないだろ？　その口ぶりだと「これからある」ってことじゃん。「今日あったよ。楽しかったよ」なら日中に終わる祭りだったのかなって思うけど。それ以上聞こうとすると話はぐらかされて酒飲まそうとすんだよ

→8月16日22:37

それで風呂も入らず布団に直行させられたわけなんだけど、15分ごとに誰かが俺の部屋を見にくるんだよ。多分、ちゃんと寝ているか確認しているんだと思う。だから、投稿するのにこんな時間になった。はっきり言って、怖えよ・・・なんなんだよ。なんで寝てるか確認すんだよ・・・

→8月16日22:41

10分くらい前に物音がして、静かになった。家の人が外に出たんだと思う。一応、居間を覗いてみたけど誰もいなかった。たぶん、いっちゃんも連れて行ったっぽい。俺、明日本当に街まで送ってもらえるのかな？　泣きそうだよ、マジで。なんでこんなことになってんだよ・・・

＞落ち着け。確かに変だけど別になにかされたわけじゃないだろ。心配せず家の人が言った通りそのまま寝とけ

＞ばんばん iPhone だっけ。必要ないと思うけど、サイドボタン五回で緊急ＳＯＳだからね

＞いやいや、お前そりゃいくらなんでも行き過ぎだって。なんで警察なんだ。

＞だから一応だって一応。備えあれば憂いなしっていうでしょ

8月16日23:04

寝れない寝れない寝れない寝れない寝れない

このままずっと布団に入ってるの怖い。寝たら寝たで寝てる間になにかされたらどうしよう

>大丈夫だって。オフトゥン好きなんでしょ、ね？
>明日になれば自転車直して旅を続行できるって
>なんなら今回はここまで！ってなってもいいんだぞ

8月16日23:30
それにしたってなんでこんな時間にでかけるんだ。
やっぱり俺が思った通り、これからやるお祭りなのか？
でもなんもなかったぞ。音も聞こえない。けど、人だけがいなくなってる
>深く考えるなって
>土地の人だけのお祭りなんだよきっと。それだけだって

8月16日23:40
俺、見に行ってみる。
>え？なにを
>家にいてなよ！　ダメだって！
>ヤな予感しかしないからほんとやめときなよ

8月16日23:52
なんか見える
（真っ暗な中に小さくぽつんと灯るオレンジの光の画像。さらに同じ画像の明度を最大に上げた画像。小高い位置に光があるようだ）

8月16日23:53
多分、昼に見た神社
＞引き返せって！
＞ろくなことならんから！　戻れって
＞絶対おかしいって・・・ばんばん、やっぱり酔っぱらってるんだよ・・・
＞絶対そうだ。普段、こんなことしない

8月16日23:59
神社ついた。暗くてよく見えないけど、松明？　かなんかがあって、それをみんなで囲んでる。牛みたいな仮面したのが、布で顔を隠してる人になんか、お祓いの木の棒みたいなので叩かれてる。
誰ひとりとして喋らないから静かすぎる
>気づかれる前に帰ろう
>やだやだもうやだやめて
>絶対音立てんなよ。カメラもシャッター音でバレるからやめろよ気が済んだらすぐ引き返せ

8月17日00:03
境内をみんなでぞろぞろ歩き始めた。松明を囲んで盆踊りみたいな感じ。でも足音とかもまったくなくて怖い。なんだろ、声も音も出してはいけない、みたいな祭りなのかな。
でも、祭りって言うか儀式だろこれ
>祭りも儀式みたいなもんだろ
>帰ろ？
>ここらへんが引き時だぞ

8月17日00:07
写真撮りたいけど、撮ったらバレそう。動画だったら大丈夫かな
あ、そ♪4(
>やめろってこのタイミングでミスるの！

8月17日00:09
気付かれたかも
音出してないけどスマホの光
やばこっちみてる
>投稿してる場合か！
>だめだめだめだめ

8月17日00:11
4°€・€☆3*

(暗闇に松明と白装束の画像)

4

ちなみに最後の投稿は執筆現在よりすでに三年前の投稿だ。

この後、投稿がないことからなにかがあったことは明白だが、『ばんばん』に害があったとは断定できない。

自転車旅関連の投稿から、凡《おおよ》そのロードマップを作成し、彼がどの辺りにいたかを考えてみた。シャフトが折れる前に那須にいたと投稿していることから、その辺りかと思う。

念のため、三年前の夏の時期、該当する周辺で自転車乗りに関する事故がなかったか調べてみたが、あてはまるものはなかった。もっとも、地元新聞で調べればなにかでるかもしれない。

そもそも信憑性という面から見た時に、『ばんばん』の投稿はどれほどのものなのか判断がつかなかった。極めて真実味を帯びているとは思うが、ＳＮＳは嘘を吐くのも容易である。

一体、『ばんばん』はこのあとどうなったのだろうか。一方的な釣り宣言もないので、想像するほかないが、想像に頼るとろくな場面しか浮かんでこない。

これが真実だったにせよ、虚偽だったにせよ、私はただ『ばんばん』が元気でいることを願うばかりだ。

ところでこの一連の投稿で登場する真夜中の異様な祭りだが、某県に『深夜に無言で行う祭り』があるらしい。この祭りは、誰にも見られてはならないらしく、言い伝えではこの祭りを目撃したものは魔物に食い殺されるという。

そんな物騒な祭りがなんのために行われているかと言うと、恋人同士の神々が、年に一度この日だけ逢瀬を重ねることが叶うのだという。七夕に喩えるのがもっともわかりやすい表現かと思う。

『ばんばん』が体験した祭りは、すくなくともその祭りとはまったく縁のない地域のものであるため無関係なのは間違いないが、となると彼が遭遇したのはどこのなんという祭りなのだろうか。

わかっているのは、『ばんばん』がかの祭りにおける犯してはいけない禁忌を犯してしまったがため、不幸に見舞われたということだ。

真偽のほどは、別として。

七

火を食べてはいけない

――その男、粗暴につき――

1

高速道路は魔の道である。

近年、それはさらに顕著になったと言える。

世間をおおいに賑わせた煽り運転の問題がその理由の大きなところだ。

車を運転する人なら共感してもらえると思うが、高速道路は一種の川みたいなもので、誰もが一定の速度で止まることなく走る。一般道と違い、信号や交差点、歩道などという走行に邪魔なものは一切排除されているので、快適とも言えるが逆に一般道では決して出さない速度で走っているため、緊張感はその比ではない。

基本的に分離帯が設けられているので、対向車線の車と正面衝突……というケースは少ないが、それでも車線変更や合流、或いは積載車からの落下物など、事故につながれば命にかかわる。

そんな細心の注意を払って、走行しなければならない高速道路で他車を煽るのだからその神経がわからない。常人ではありえない価値観と思考回路をしているのだろう。

——と、一概に言えないこともある。例えば、煽られたほうの運転には本当に問題がなかったのか。一触即発で死につながる道路で、ルール違反をしていたのはどちらなのか。それを言いだせばキリがないのだが、幸い昨今ではドライブレコーダーという便利な機械もあり、真実が藪の中に隠れるケースは少なくなった。

ともあれ、原因がどちらだとしても高速で走行している車を煽るのは非常に危険で腹立たしい、愚かな行為なのだ。

煽り運転の問題とセットで議論されることが多いのが、高齢者による交通事故である。ブレーキとアクセルの踏み間違えという初歩的だがありきたりの原因もあれば、車内で持病の発作が出て運転を誤ったり、単純に老齢による判断能力の低下など、理由はさまざまだ。しかし、すべてに共通しているのはやはり年齢による運転能力の可否だろう。

地方で暮らす高齢者にとって、車は必要不可欠である場合も多く、一概に『高齢ドライバー全員免許を返納しろ！』と言えないのももどかしい問題だ。

罪のない人、特に子供がそんな煽り運転や高齢ドライバーの運転ミスによって命を奪われるのは痛ましいことだ。私も日常的に車を運転するので、自分の運転適齢期というのは慎重に見極めたいと思う。

さて、前置きが長くなったが、ここにこんな話がある。

2

Mくんは今年大学を卒業したばかりのピカピカの新社会人だ。

彼には学生の時から付き合っている彼女がいて、互いに生活環境が変わってしまったために週末しか会えなくなった。

だがMくんには親から譲ってもらった車があり、貴重な週末はいつも彼女を車で迎えに行った。すこし遠出のドライブをするのがふたりの楽しみになっていた。

週末しか車を運転する機会がないので、Mくんはあまり運転が上手いほうではない。それでも彼は臆さず、果敢に高速道路に乗って彼女に喜んでもらうために運転をする。

初心者やサンデードライバーにとって、高速道路というのは必要以上に緊張するものだ。そして、ほとんどの場合、その緊張感が運転に出てしまう。ありがちなのは、追い越し車線を最低速度で走り続けたり、後続車との車間距離を考えない急な車線変更をしたり、本人に悪気がなく、ただただ知識不足が露呈したものが多い。

それでもそんな運転に迷惑を被った運転手はたまったものではない。瞬間的に怒りが沸騰し、やり返したくなる。その気持ちだけなら、ドライバーなら誰しも経験があるものだろう。

Mくんにはその自覚はない。だが、おそらくどこかでそういうことをしてしまったのかもしれない、と後々Mくんは反省した。しかし、仮にそうだったとしても割に合わない体験をしたのだ。

一体、どこからそうなったのかはわからないが、気づくとMくんの運転する車の後ろにぴったりと青いセダンがついてきている。

最初は気のせいだと思ったが、どうも車間距離が近すぎる。さすがに近すぎると感じたMくんは速度を出して、距離を保とうかと思ったが青いセダンはそれでもぴったりと張り付いてきた。

嫌な気分になり、Mくんが周りを見てみると三車線ある道路を走る車はまばらだ。わざわざMくんの後ろにぴったり張り付くほどの交通量はなかった。

その時、もしかして煽られているのか、と思ったが助手席の彼女の手前、平静を装った。きっと気のせいだと思いたくて、Mくんは道を譲る意図で車線を変更した。すると後ろの車は同じように車線を変更し、やはりMくんの後ろにぴったりと張り付いてきたのだ。

ちょっとでも強めにブレーキを踏めば、追突されるような距離感だった。

Mくんは冷や汗を掻いた。

煽られている。

そう確信した。そして同時に言い知れぬ恐怖に襲われた。

バックミラーを見ると、中折れ帽をかぶり、メガネをかけた白髪の高齢男性の姿があった。ニヤニヤしながら、執拗に張り付いている。走行しながらにもかかわらずハッキリと見えたのは、それだけ距離を詰められていたからである。

それでもMくんは彼女にそのことを話さず、黙って運転していた。内心は穏やかでなく、動悸が激しい。

とにかくサービスエリアで時間を潰し、ついてくる車をやり過ごそう。Mくんはそう決めると最寄りのサービスエリアへ早く着くよう強く念じた。

助手席の彼女は汗びっしょりで顔面蒼白のMくんを気遣った。

彼女の話に生返事しながら、Mくんは気が気ではない。

やっとの思いでサービスエリアに入った時、青いセダンもついてきていたが、駐車場は混んでいたので、さすがに近くには停められなかった。

そこでMくんは彼女とゆっくりめに休憩をし、さすがにもう大丈夫だろうと車を発進させた。そうして、平和な時間を取り戻したのだ。

と、安心したのもつかの間、気づくとまた後ろに青いセダンがいた。ぴったりとくっつき、ニヤニヤしているあの老人だ。

ここまでくるとMくんは平静を装う余裕がなくなり、彼女に警察へ電話するように言った。彼女も怯え、何度も噛みながらたどたどしく警察に状況を説明。

二十分ほどして、サイレンを鳴らしながらパトカーがやってきてなんとか状況は終息した。

青いセダンを運転していたのは、バックミラーで見た通りの老人で近くで見ると七十歳を超えていそうな風貌だった。警察に事情聴取されている間もニコニコと笑っていて、人懐っこそうに話している。

Mくんにはそれがまた怖ろしかった。

あんなに執拗な煽り運転を繰り返しておいて、どうしてあんな風に笑えるのだろうか。どうしてあんな風に親しげに話せるのだろうか。

Mくんの彼女もまた、その怖ろしさにあてられたのか涙目で震えている。

老人は、なぜ煽り運転をしたのかを聞かれて、

「嫌いなやつに似ていたから」

と動機を語ったという。

意味不明で理不尽、なによりそんな身勝手な理由で恐怖に陥れられたMくんはそれ以来、

車に乗るのが嫌になってしまい、それからまもなく売ってしまった。

それが原因だと呼べるかわからないが、すくなくとも車を失ったことで会う頻度が低くなり、まもなく彼女とも別れてしまったという。

3

そんなMくんだったが、一年、二年と年月を重ねるうち、青いセダンの老人の記憶も薄れていった。

仕事にも慣れ、後輩や部下ができた。私生活では新居に引っ越し、新しい恋人と同棲生活をスタートさせる。

順風満帆……とまではいかないが、おおむね順調な生活を送っていたMくんのもとに、ある時昔の彼女から連絡があった。そう、青いセダンに煽り運転を受けた時、助手席に座っていた彼女だ。

久しぶりの彼女からの連絡にMくんは思わず懐かしくなった。だが、同棲している恋人の手前、複雑でもあった。

しかし、彼女はそんなMくんの心配も飲み込んだうえで連絡をしてきたのだ。

『ニュース見てる？』

そんなメッセージを見て、交際していた時のわだかまりや苦情の類ではないことを察し、Mくんはホッと安堵した。

しかし、彼女はMくんのそんな気持ちも知らず、思いもよらない内容のメッセージを送ってきた。

『昔から時事に興味薄かったもんね。でも、とりあえずこれ見て』

そんなメッセージと共に添付されていたのは、ニュース記事のリンクだった。

なにを言いたいのだろう、と疑問を感じながらMくんがリンクをタップし、記事を読んでいく。その記事は、煽り運転を繰り返していた悪質ドライバーを逮捕した、という内容のものだった。

そして、記事に貼り付けてあった画像を見てMくんは息を呑む。

あの時の、青いセダンでMくんを煽った老人だった。

『あれからこの人のこと忘れてたけど、この記事見て思い出したんだ。ねえ、この人って私たちを煽ってたあのおじいちゃんだよね？』

衝撃的だった。

二度と見ることもないと思っていたのに、こんな形でまたあの恐怖を思い出すなんて。

そして、なによりも記事の内容だ。

『あのおじいちゃん、あれからもずっと他の人に煽り運転してたみたいだよ』

彼女の話を聞きながら、Mくんは記事の見出しを呆然と見つめた。読む、というより字の羅列を意味のわからない記号の羅列のように、ただ見ていた。

やがて意味を為さないはずのその羅列は、唐突に頭の中で意味を結ぶ。

〈悪質煽り運転百回以上。七十八歳男を逮捕〉

煽り運転百回以上……？

考えてみれば当たり前かもしれないが、煽り運転をしたのは自分たちにだけではなかったのだとわかって、Mくんの胸にさらなる衝撃を与えた。

やっと記事の内容が頭に入るようになって、さらにスクロールをしていくと目に覚えのある一文が飛び込んでくる。

〈運転手が嫌いなやつに似ていたから嫌がらせをした〉

そう、それはまさにMくんを煽った時と同じ動機だった。そして、すべての案件についてその動機で煽り運転を行ったと書いてある。

百回以上、ということはこの老人の嫌いなやつに似ている運転手が、Mくんを含め百人以上もいたことになる。一体、どんな顔ならそんなにも多くの人間と似るのだろうか。

それよりも、七十八歳とは思えないあまりにも幼稚な動機も呆れを通り越して戦慄を覚える。

現在、煽り運転は厳罰化され、かなり厳しく取り締まられるようになった。また、ドライブレコーダーの普及と、スマホのカメラ機能によってそういった悪質な煽り運転は安易に記録されるようになり、動かぬ証拠となった。

それらのおかげで、悪質ドライバーの言い逃れができなくなり、煽り運転の件数は劇的に減少——したのはしたが、それでもなくなりはしない。

この老人のように、どれだけ厳罰化が進んでもやってしまう人間は、繰り返してしまうのだ。ここまでくるともはや性格というより病気の一種である。

しかし、話はここで終わらない。

その老人について、まだ続きがあるのだ。

4

煽り運転は悪質だが、秩序を失ったＳＮＳもまた悪質だ。

前者は個人のものだが、後者は集団なので始末に負えない。

どちらも罪の意識がほぼない、という点が共通しているので悪質さはより集団である後者のほうが上回るだろう。しかし、物理的な危険度からすれば断然前者なので、どちらがマシかという議論は棚上げすべきだ。

ではなぜここでSNSの悪質さを取り上げたかというと、彼らはクルセイダーを気取っているため、これを義憤によるものだと自分たちの行為を正当化しているところにある。要は加害者を特定するのに役に立つツールに早変わりするのだ。

彼らは凶悪な事件・事故、またはスキャンダルや炎上騒ぎに過敏であり、お得意の正義感ですぐさま叩くべき相手に照準を合わせ、集団の力で対象のプライベートを丸裸にする。それこそ、住所をはじめ交友関係や職場、経歴など一度アップされてしまえば、インターネットが滅びない限り消えない『デジタルタトゥー』となる。

青いセダンの老人もまたこの犠牲となった。

彼らは集団の正義を掲げているが、第三者からすれば悪人が悪人を叩いているだけだ。とはいえ、青いセダンの老人に関しては、同情すらしてしまった。

確かに悪質な運転を繰り返したとはいえ、七十八歳にもなる老爺を吊し上げ住所や電話番号まで晒していいものか。しかも晒している者たちは匿名なのである。

見ていて心が痛んだが、それでも青いセダンの老人のことを調べたいと思っている私としては、非常に手間が省ける。時間も経費も大幅にショートカットできたからだ。

青いセダンの老人の名は、Wとしよう。O県の某市でひとり暮らしをしているようだ。五年ほど前に現住所に移ってきたが、近所との折り合いは悪かったらしい。誰にでも恫喝めいた大声を発したり、日常的に暴言が絶えなかった。暴力沙汰はなかったようだが、住民とのトラブルは多かったらしい。

この事実はSNSで恰好のネタとなった。

『やっぱり思った通りの老害』

『煽り運転だけじゃなく人格がゴミじゃん』

『社不は年を取っても社不』

Wに向けられたコメントはどれを見ても目を覆いたくなるほど酷い。中には近隣に住み、実際にWを知っているというものも散見された。

しかし、当該アカウントのタイムラインを辿ってみてもWを実際に知っているというのはどれも信憑性が低く、怪しいものばかりだった。騒ぎに乗じただけの賑やかしだろう、と私は見立てる。

さらにWについての投稿を深掘りしていくと、現住所以前のことを書いているものがあった。O県に移ってくる前はH県にいたようだ。しかし、そのアカウントもまたWについて、『五年くらいしかいなかった』と投稿している。

共通しているのは、やはり近隣とのトラブルが絶えなかったという点だ。理由は同じで、あたりかまわず通行人や住民に罵詈雑言の限りを吠えていたという。

さすがにそれ以前のことまではわからなかったが、以前H県でWが暮らしていたと投稿していたアカウントが『うちの町に来る前もやっぱりトラブルばっかりで追い出されたらしい』と書いている。

Wは住所を転々としながら、至るところで暴言によるトラブルを起こしていたのだろう。そのように考えるのは難しくない。

その後、でき得る限りWのことを調べてみたがここまででわかった以上の収穫はなかった。私はH県でのWを知っていると投稿していたアカウントにコンタクトを取ってみることにした。

5

話はすこし遡る。

Wに煽り運転の被害を受けたMくんというのは、実は知人の息子なのである。

会った人にはとりあえず怪談がないか聞くのが習慣になっている私は、ある時知人の家に遊びに行った際、たまたま帰省していてリビングでゲームに興じていたMくんになにか怪談はないか訊ねたのだ。

Mくんは最初、そんな話はないと申し訳なさそうにしていたが、すこししてから煽り運転の話をしてくれた。私の職業を知っているから、なにかしら力になりたいと一生懸命考えた結果、こんな話しかないけど……と前置きをして語ってくれたのだ。

私が感謝を述べると、Mくんは意外そうにしていた。

「幽霊とかそういうの出てこないけど、いいんですか」

「ああ。これはいわゆる『人怖』系の話でね。人によっちゃ議論はあるけど、私は怪談の一種だと思っている」

そう答えるとMくんは嬉しそうな顔をした。もう社会人のはずなのに、彼のはにかむ姿は少年のままだ。

Mくんの話を聞いたその場で、私は自分のスマホでWの煽り運転について調べてみた。確かに彼が言う通りの事件はあった。

「とんでもないじいちゃんもいるもんだなあ」

私たちの会話を聞いていた知人がそのようにつぶやくと、「実はさあ……」とMくんが話を補足した。

「元カノからあの危ないじいちゃんについて連絡きたって言ったじゃん？　その時、元カノがこんなこと打ってて。ちょっと見てよ」

Mくんはスマホを差し出し、我々にメッセージ画面を見せた。

『あのおじいちゃんさ、私たちに煽り運転してきて警察の人に捕まった時、なんて言ってたか覚えてる？』

『なんだっけ。でも警察相手に暴言吐きまくってたよな』

『うん。でも変なことも言ってたじゃん』

『俺は覚えてない。あのジジイ、もうめちゃくちゃヤバかったし、声も聞きたくなかったからなにを言ってたかまではわからないよ』

『ほんとに？　あのおじいちゃん、「先にあいつが父ちゃんを殴った」とか言ってたんだよ』

『はあ？　なんだそれ』

『わかんない。マジで意味不明だけど、他にも「無視された」とか「火を食ったからなんだ」とか、煽り運転と関係ないようなこと叫んでた』

『火？　火って食えるの』

『わからないってば。火なのか、日なのか。どっちか知らないけど、「ひ」って言ってた』

『でもそれがどうした？』

『なんかあのおじいちゃん、百回以上も煽り運転繰り返してたっていうじゃん。今回捕まったのもはじめてじゃないんだってね。じゃあさ、私たち以外にも「無視されたー」とか意味不明なこと言ってたのかな』

『そうだろ』

『でもそうなら、普通っていうか……ほら、そういう病気っていうか。そういうのだったんじゃないかなって。病気じゃなくても、認知症だったとか。もしそうなら、逆にかわいそうじゃん』

『よくあんな怖い目に遭わされてそんなこと言えるな。俺はあの記事読むまで忘れかけてたけど、思いっきりよみがえったよ。今、鳥肌立ってるし』

『わかるけどー……。言ってなかったけど、私のおばあちゃんがおんなじ感じの認知症だったから、なんだかなーって』

Mくんは「これ言われてちょっと気まずくなっちゃって。あのじいちゃんについての会話はここまでなんですけど」とスマホを戻した。

そういうことがあって、私は興味が湧いたのだった。

本当に認知症の気があったのかもしれない。だが、普通に考えて、そんな老人が住居を転々としながらひとり暮らしができるものだろうか。

もちろん、認知症にも程度があることはわかっているつもりだ。だが近隣住民と暴言によるトラブルや、百回以上にも及ぶ煽り運転から鑑みるにそんなに長い期間、民間から放置されているとは思えない。

トラブルを起こす人間だったのは間違いないが、正気でなかったとは私はなんとなく思えなかったのだ。

それで手軽で簡単に調べられるSNSでリサーチをかけたわけだ。

ただの興味本位で調べたのだが、思った以上に情報を入手できた。Wの意味不明な言葉と、居所を転々とするトラブルメーカーだったという一面がリンクし、私の興味はさらに深まった。

WのH県での様子について投稿していたアカウントにコンタクトを取り、状況次第では実際に動いてもいいかもしれない。なにしろ私は人怖系もストライクゾーンであり、大好物なのだ。

そう考えて、決めてからは早かった。

早速、私が何者か名乗り、Wについて知りたい旨をDMした。

翌日、『匿名ってことでいいのなら』と快諾の返事がきた。

6

アカウント主は女性で、Tさんとさせてもらう。

オンライン通話での会話に応じてくれた。

プロフィールは明かしてくれなかったが、今はH県に住んでいないそうだ。

『すみません。自分の話のように投稿したんですけど、実はあれ友達の話で』

としたうえで、知っていることを話してくれた。

『あのWっていう人、友達が住んでいる町内では有名な人だったらしいです。書き込みにもあった通り、目が合うと通行人や近所の人に暴言を吐いて時々、市の人や警察の人が来たりしていたって聞いています。でもそれでも数年間、町内に住めていたのは、単純に心臓に毛が生えていたから……ということもあると思いますが、あまり外に出てこなかったからだそうです。

基本的に家に引きこもっていて、年中雨戸を閉め切っているしで、中がまったくわからない状態なんですって。お年もお年なので、最初のうちは近所の人が心配して訪ねていたんですけど、案の定暴言が飛んでくる始末で。

でも、誰彼構わず暴言を吐くってわけじゃなかったそうなんです。なんか、人を選んでるっていうか……例えば、配達員の人にはとても穏やかに対応していたり、近所のとある家族の中で二番目の子供にだけ暴言を吐かなかったり、基準がよくわからなかったって。必然、みんなWっていう人にかかわらないようになっていったんですけど、その理由が暴言だけっていうより、意味不明な内容だったみたいなんですよ。会話が成り立っていないっていうか、食い違っているっていうか。

それで会話ができない、正気ではない人ってことで』

意味不明な内容の暴言、というフレーズで私はMくんの元彼女が打ったメッセージを思い出した。

──『先に殴ったのはあいつだ』──『無視された』──『火を食ったからなんだ』

Tさんはどんな内容だったのかまでは知らないと言ったが、私はこれらの言葉に似たニュアンスのことを言っていたのではないかと推察した。

これは行ってみる価値があるかもしれない。

私はTさんにそれがどの町のことか聞きだし、実際に足を運んでみることにした。

7

H県○●町

Wが住んでいた家には現在、別の人が住んでいる。

Wが引っ越した後にやってきたのは確かなのでその家の住人に話を聞いても無駄だろう。長くこの土地に住んでいそうな人を探した。

Wが住んでいた家を中心にしばらく歩いた。どこにでもあるごく普通の住宅街の風景、といった様子だ。

大きな商業施設が徒歩圏内にあり、コンビニやパチンコ店もある。小中学校も近い。戸建て住宅はほとんどガレージ付きで、車を持つ家だった。

駅から遠い、という点だけ目をつぶればかなり住みやすい町に違いない。

昼間でもそこそこ人通りもあるので、寂れた印象もなかった。

「あの、すみません」

Wの家の三軒隣の家から年配の女性が出てきたので、私は声をかけた。

ひと目で余所者だとわかったはずだが、女性は警戒することもなく「なんでしょう?」

と応じてくれた。

「この家に以前住んでいた人のことを聞きたいんですが」

「この家？　ああ、Wさんのこと？」

そうです、という声が思わず弾む。一発目から、知っている人に当たったのはラッキーだ。

「Wさんの息子さん？」

「いえ、そうではないのですが。どういう人だったのか知りたくて」

怪訝にされるかと思ったが、女性は特に怪しむこともなく「そうなのね」と言った。

「それでこちらに住んでいた時のWさんについて、お話が聞きたいのですが……」

「いいですけど、そんな大したことは知りませんよ？　あの人、近所付き合いなかったですから」

「どんな様子だったかだけ、教えてもらえたらありがたいです」

女性は「そうねえ……」と、宙を見上げ昔を思い出してくれている風だった。

「変な人だったわねえ。年がら年中、ずっと閉め切っていて。たまに見てもぎゃあぎゃあ叫んでたし、怖がられていましたよ」

「あなたは怖くなかったのですか？」

「私のこと、取るに足らないとでも思ったんでしょうかね。Wさんからなにか言われたことはなかったですよ」

「Wさんには、怒鳴る人と怒鳴らない人があったと聞きました」

「そうなの？　みんなが言ってるのと違って、割と親切な人だと思ったけど。じゃあ、私はラッキーだったわねえ」

そう言って女性は笑った。

「でもWさんのことだったら、あそこの家の人と話はした？」

女性は目線をWが昔住んでいた家に向けた。

それを受けて私は、Wが去ってからやってきた人なので聞いても大した話は聞けなさそうだ、ということを伝える。すると女性はかぶりを振ってこう言った。

「あら、あなた知らなかったのね。あそこに住んでいるのは、Wさんの親族ですよ」

「えっ」

驚いて思わずその家を振り返る。

女性曰く、Wは近隣トラブルを繰り返したことで居られなくなった(のだと思っていた)のではなく、元々現在の住民がこちらに移り住むまでの仮住まいだったというのだ。棚ぼたものの僥倖《ぎょうこう》である。

わざわざ足を延ばしてここまでやってきたのは、こういう思わぬ収穫が現場にはあるからだ。今回もそれに当てはまったようだ。

「ちなみに……今住んでいるのはどういう方でしょうか」

念のため、女性に聞いてみた。

親族とはいえ別人だとわかっていても、Wの素行を聞き及んでいるだけに心配になった。Wと同じトラブルメーカーだとすれば、こちらとしても心の準備が必要だ。

「五十代くらいのご夫婦ですよ。穏やかな人ですから、安心して」

それを聞いてホッとした。

私は礼を言ってその場から辞去すると、Wが住んでいた家に足を向けた。

8

「あの人の家系は異常な人ばっかりでねえ……」

Wについて、そう語りはじめたのは彼の遠縁にあたるFさんだ。

元々はH県の別の市に妻と娘で住んでいたが、娘の結婚を機にこちらに越してきた。前は市街地の繁華街そばに建つマンションの一室に住んでいた。

利便性も高く、住みやすかったが人が多く治安も悪かったので、ずっと引っ越しを考えていたらしい。

元々Wが住んでいたこの家はFさんの父親の持ち物で、娘が家を出るタイミングで移ろうという話は前々からしていた。それまでの間でよければ、と納得済みでWは数年間住んでいたらしい。

Wはわけあって、住むところに困っていたらしく見かねた父親が期限付きで住まわせていた、ということのようだ。

「遠縁って言ったでしょう？　でもどのくらい遠いのか、私と彼との関係はてんでわからなくてね。父親に聞いてもはぐらかされるばっかりで」

話を聞きながら、Fさんが出してくれた茶をすすった。

近所の女性の勧めで訪ねてみたところ、Fさんは快くWの話をしてくれることとなった。それだけでもありがたいのにもかかわらず、中に招いてくれたのだ。

当たり前だが、家自体は外見も含めごく普通の一般住宅である。

築五十年と聞いたが、古さはあるもののしっかりした佇まいだ。

「そんな父も一昨年に他界しましてね。私は長男なものですから、喪主を務めました。九十まで生きましたのでね、大往生ですよ。それで葬儀の時は久しぶりに顔を見る親類も多くてね。式後は父の昔話で盛り上がったもんです」

Fさんはそんな親類の集まる場で、ふとWが来ていないことを疑問に思ったらしい。

「なにせ、期限付きとはいえ無償でこの家に住まわせていたくらいですからね。親類の中でも、よほど親しかったのだろうと思っていたんです。だから、式に来なかったことが意外でね。正直、憤りはありましたよ。でも、もしかしたら父の死を知らなかったってこともあるじゃないですか。

そう思ってね、私は集まっていた親類にWさんのことを聞きましたよ」

そこからの話は実に耳を疑うような話だった。

「Wさんね、小さい頃まで山陰のとある村で暮らしていたらしいんだわ。その村っていうのが、こうしきたりっていうのかな。決まり事がものすごく多くてね。しかもえらく厳しい。小さな田舎って、コミュニティーが狭いから、互いに監視し合ってる感じなんだってね。Wさんはそこの村の生まれなんですよ」

それは一九五〇年ごろの話。日本がまだＧＨＱの統治下だったころだ。

Wが生まれ育ったのは五百人ほどの小さな村だった。山奥に位置することから、独特の山岳信仰があり、しきたりと掟で縛られていた。

戦時中は徴兵で若者が取られていたことと、貧しさもあって数年間は縛りが緩かった時期もあったが、復員して村が若返ってからはまた締め付けが厳しくなった。

いわば秩序を守るために必要な知恵でもあったそれらのしきたりだったが、軍隊で下手に規律を学んだせいか、復員した者が特に厳しかった。

年寄りの中には、そういった姿勢を支持するものも少なくなかったが、戦後、そういった考えは変えていかなければと訴えるものもあった。

W一家は、そんなリベラル派だった。

ただでさえ村で爪はじきものな扱いだったW家ではあったが、思想こそ反抗的ではあったものの家族は誰もが真面目で働き者だった。それもあって、疎まれはしているが、頼りにもされている。そんな微妙な立場だったのである。

そのころのW家は祖父母と母親、兄妹が三人、それと父の弟である叔父がいた。

Wの父は満州で戦死しており、祖父以外の男では叔父だけだったが、叔父は軽度の知的障害を抱えており、難しい仕事はできなかった。

しかし、言ったことはきちんとこなすし、なによりサボらない。村の人間が陰口を言い合っていても、W家はそこそこ普通の生活ができていた。

だがある事件を境に、W家は村八分にされてしまう。

叔父が火を食ったのだ。

数あるしきたりの中で、もっとも忌み嫌われるのが忌の火である。これは、死者が出た家の火で、穢れの火とも言われる。

縁起が悪い、という意味もあるのだが、もっと直接的な意味で忌避されていた。と、いうのも、この村は火葬で死者を送る。この時に使った火を持ち帰り、四十九日を過ごすという決まりがあった。言ってみれば、死者を出した家は、四十九日間、村から避けられる。期間限定の村八分と言い変えてもいい。

四十九日を過ぎるまではこの家の火を他家が使うことは固く禁じられた。もちろん、家族や家のものがこれを使うのは問題ないが、それ以外のものがこの家の火を扱ったなにかしらのものに触れてはならない。

家に入るのはご法度だし、風呂もだめだ。この家の火を分けてもらうのも当然、NGである。特に煮炊きした食べ物は罪が重く、これを火を食うといった。

村で忌避されるのは火葬で遺体を焼く三昧太郎《さんまいたろう》と呼ばれる役割の男と、忌の火が灯っている家だ。

三昧太郎は死ぬまで村人から避けられる代わりに、衣食住に困ることはない。村人から日常的に食べ物を分けてもらえるし、家も普通の家庭のそれに比べると立派なものだった。

着るものも村人からもらえるので困らない。

三昧太郎は忌の火にまつわる仕事なので関わりこそ避けられるが、禁忌を犯して嫌われているものとは決定的に違った。こちらは汚れ仕事を請け負ってくれていることへの感謝があるのだ。半ば、神格化されている節さえあった。

叔父は、もっとも嫌われる火を食うという禁忌を犯してしまったのだ。

9

「黒焼きって知っていますか？　原形をとどめたまま真っ黒に焼くっていう焼き方なんです。昔は火葬って言っても遺体を野焼きしていたんで、しっかり焼けなかったんですよ。今みたいに高温の焼却炉で焼き切るわけじゃないから、黒焦げの状態になんの。昔はそうやって焼けるところまで焼いて、あとは埋めてたんだけど……中には悪い奴もいてね。眼とか内臓とか、あと足とか手もそうだけど昔はそういうのを黒焼きにして、漢方薬みたいな感じで業者に高く売れたのよ。私も聞いた話だけどね。

で、ずいぶん後でわかったんだけど、その村の三昧太郎っていうのが野焼きする振りして遺体を黒焼きにしてね。町に行ってこっそり業者に売ってたんだってさ」

ただでさえ怖ろしい話なのに、他人の死体をバラして売るなど、思いつきもしない。

「特に脳みその黒焼きっていうのが高く売れたって。三昧太郎って村では誰もやりたがらない汚れ仕事だから、みんな葬儀だけ済ませたら遺体は全部任せっきりだったみたい。それに味を占めて、いつしか黒焼きにして遺体をばら売りしてたんですって。けど、ある時、それを叔父に見られたらしくって。叔父はもちろん、黒焼きのこととか、三昧太郎がやっている裏商いのことなんか、これっぽっちもわかっていなかったんですけどね。それでも念には念をってことで、叔父を騙して火を食わせたんです」

それでW家は村八分の憂き目にあったのだという。

もともと疎まれがちだったこともあり、W家の村八分は長かった。Wは幼いながらこの時のことをずっと恨みに思い、村人たちを憎んでいたという。まだ七つか八つくらいだったという。

「Wさんの一家はそれはもう酷い目に遭ったそうですよ。色んな嫌がらせを受けたし、とにかく嫌われました。諸悪の根源である三昧太郎は知らんぷりですよ。ひどい話ですよねえ。それでもWさん一家は耐えていましたよ。そうするしか生きていけませんでしたから。でもある時、些細な言いがかりで祖父が村の若者と喧嘩になった。まあ、W一家は目の敵にされていましたからね。喧嘩がいつのまにか集団リンチみたいになるわけですよ。かわいそうに、その時にWさんの祖父は亡くなっちゃってね。

あそこは父親が戦死しているでしょう。だから、Wさんは大のおじいちゃん子だったらしいんです。

酷いですよねえ。結局、Wさんの祖父は無駄死にになりました。みんなが口をそろえて、事故だって言うんですから。今ぐらい警察が優秀だったら、そうはならんかったんだと思いますよ。そんでもって、ただでさえ村八分にされているW家から忌が出たわけです。

葬式なんで、村八分でもみんな出ますよ。ちゃんと火葬もされるっていうんで、三味太郎に任せてね。でもその時、珍しく叔父が暴れたって話です。伝えることはできなくても、祖父がどうなるのかはわかっていたんでしょうね。あの三味太郎に、バラバラにされて黒焼きにされて売られるって。

結果的にWさんの一家は村にいられなくなりましたよ。そこからはもう、家族もバラバラになっちゃって。

Wさんの一家はね、村を出てからみんなおかしくなったんですよ。今回、煽り運転でWさんが騒ぎになっているけど、あんなのは昔からだし、Wさんの家族は程度の大小はあれど、みんなあんなですよ。

それもこれも火を食べちゃったからなんだなあ」

すっかり冷めてしまったお茶を飲み干し、私は辞去した。

10

真っすぐホテルに帰る気になれず、私は駅の近くの居酒屋で晩酌をした。

冷えたビールを飲む気になれないので、普段は飲まない燗で体を温める。Wの半生を聞いてから、寒気が止まらなかった。

Mくんに『人怖も立派な怪談だ』と偉そうに吹いたが、これは人怖にあたるのだろうか。習俗だとか、しきたりだとか、小さな集落から端を発したWの話はそんな言葉で片づけられるのだろうか。

ぬるくなっていく燗をやりながら、私はMくんが受けた煽り運転のことを思い出す。

『先に殴ったのはあいつだ』

『無視された』

『火を食ったからなんだ』

Mくんの彼女が聞いたというこれらの言葉……意味不明な、まともではないWの妄言の類だと思っていたが、いまとなってはつじつまが合ってしまった。

決して意味のない話ではなかったのだ。

そして、もうひとつ。

Wが以前住んでいた町で聞いた話では、彼は暴言を吐く人間と吐かない人間がいたという。偶然、話しかけた女性がまさに一度も暴言を吐かれたことがないと言っていたので、私自身も確信がある。

そして、百回以上繰り返した煽り運転。そのすべての理由が、『嫌いなやつに似ていたから』なのだとしたら――

Wが語った動機は、本当だったのではないか。

本当に『嫌いなやつ〝ら〟に似ていた』から、暴言を吐いたり煽り運転を繰り返した。

その嫌いなやつ〝ら〟とは、自分たちを迫害した村の住民たち。つまり、Wが似ていると言っていた人物はひとりではない。それも三人や四人ではなく、全員だ。

およそ五百人住んでいたとされる、あの村に住んでいたすべての住民。そのひとりひとりに似ている人間を、Wは許せなかった。

聞くところによると、Wが住んでいた村は現在ダムの底に沈んでいるらしい。

くだらないしきたりと掟のせいで、W家の人生をめちゃくちゃにした罰か、それとも贖罪か。おそらくどちらでもない。
ただ古き日本の負の遺産として、静かにその役目を終えただけだ。

あとがき

どうも最東対地です。

楽しんでいただけましたでしょうか。私としては二冊目の怪談本となるのですが、果たしてこれが怪談本と呼べるのかは疑問です。

『はじめに』でも触れましたが、本書は怪談というより〝怪談が怪談になる前〟にスポットを当てたものです。

怪談作家が怪談を蒐集するにあたって、その方法は様々です。一番多いのは無論〝人から聞く〟ですが、次に実体験とかになるのでしょうか。もしくはネットやSNSで蒐集するとか。もちろん、ネットで見つけた話をそのまま自分の話として発表するのはご法度ですから、ご本人に許可をいただいたりするのでこちらも〝人から聞く〟に分類されそうです。

その他になにがあるかと考えた時、〝偶然の出会い〟というのも無視できないでしょう。こちらに蒐集の意図がないところに突然遭遇してしまう出会いがしらの事故のような、そんな怪談との接点です。

もしくは相手から一方的に押し付けられたりするものもあります。あとはそうですね、まったく関係のない事柄から怪談的直感を得ることもあります。案外、そういったところから発信したものがとてつもなく怖い話に行き当たったりするので、この界隈は油断できません。

本書のテーマは『はじめに』でも述べたように『しきたり・言い伝え』で、風習などと呼んでも間違いはないでしょう。身近な『ひな祭り』があったと思いきや、『蟹を殺すと火事になる』というマニアックなものまで、バラエティに富んだ内容になったなと自負しています。

しかし、いざ書き上げてみると意外に怪談ぽくない。というよりも『怪談になる前の状態』のように思えてきたのです。これはなにかに似てるな、と思いました。

それが怪談との出会いなのです。

こちらから怪談を蒐集した場合、話者の構成や内容の拙さは差し引いてもそのほとんどが完成しています。これはオチの良し悪しではなく、実話怪談としてパッケージができているという意味です。

しかし、それ以外でこちらから能動的に怪談と出会ったときは、いわばそれは『怪談になる前の状態』。それを怪談に仕上げるために裏付けを行ったり、取材を重ねたり、そのうえで自らの考察を付け加えたりするのですね。
いわば本書はその状態をお出ししているようなものです。

『怪談として完成する前』として、私は仮タイトルを『怪談未満』にしました。するとどうでしょう。すでに同名の本があるではないですか。

困った私は次なる候補として『怪談前夜』というタイトルを思いつきましたが、やはりどちらも怖さとパンチに欠けるというのであえなく没に。

おっと、いつのまにかタイトルの話になってしまいました。本筋を戻しましょう。

ルポルタージュのようでもあり、実話怪談のようでもある。モキュメンタリーホラーの顔つきにも見えるし、ホラー小説としても強引に主張すれば通りそう。

『それって未完成ってことじゃん』

と言われてしまうと立つ瀬がないのですが、これはこれでこんな本は意外とないんじゃないかと思い至ったわけです。

作家というのものは厄介な病をもっていまして、書いている時、書き上がった直後などは、自分が書いたものが面白いと思えないのです。そういうこともあって、書き上がってすぐはこれはひどいものが書けてしまったと思ったものですが、時間をたっぷり置いてから読むとなんだこれ、面白いじゃんとなりました。作家の病は治るのも早く、そして現金なものです。

そんなわけで『怪談風土記 七つのしきたり』とかっちょいいタイトルをいただき、本書を上梓しました。

さて、ところで本書における怪談作家である『私』は果たして最東対地なのでしょうか。なぜ冒頭が『はじめに』で巻末が『あとがき』なのか。これがフィクションなのか実話なのか。

読者のみなさんへの宿題とさせていただき、筆を置かせていただきます。

参考書籍

『土葬の村』高橋繁行・著（講談社現代新書）
『お葬式の言葉と風習』高橋繁行・著（創元社）
『本当は怖い日本の風習としきたり』日本の風習としきたり研究会・著（イースト・プレス）
『本当は怖い日本のしきたり』火田博文・著（彩図社）
『近畿習俗辞典 タブーの民俗手帳』柳田国男・著（河出書房新社）
『日本の葬式』井之口章次・著（筑摩書房）
『日本現代怪異事典』朝里樹・著（笠間書院）

★読者アンケートのお願い

本書のご感想をお寄せください。アンケートをお寄せいただきました方から抽選で5名様に図書カードを差し上げます。

（締切：2024年10月31日まで）

応募フォームはこちら

怪談風土記 七つのしきたり

2024年10月3日　初版第一刷発行

著者……………………………………………………………………………最東対地
カバーデザイン……………………………………坂野公一＋吉田友美（welle design）

発行所………………………………………………………………………株式会社　竹書房
〒102-0075　東京都千代田区三番町8-1　三番町東急ビル6F
email: info@takeshobo.co.jp
https://www.takeshobo.co.jp

印刷・製本………………………………………………………………中央精版印刷株式会社